소금시

시와소금 시인선 · 077

소금시

귀

김광규 외

시와소금

소금시 - 귀 앤솔로지를 펴내면서

이 시대의 서정이 살아있는 시, 보다 젊고 새로운 시를 발굴하고 소개하는 《시와소금》에서는 올해도 소금시 앤솔로지를 펴냅니다.

2013년엔 〈소금〉을, 2014년엔 〈술〉을, 2105년엔 〈혀〉를, 2016년엔 〈살〉을 테마로 소금시집을 엮은바 있습니다.

올해의 소금 테마는 우리 몸의 소중한 존재인 〈귀〉로 삼았습니다. 163명의 시인들이 귀의 존재와 가치, 귀로 인해 빚어지는 소통과 불능을 다각도로 짚어주었습니다. 작고 미미한 것, 아주 또렷한 것이라도 듣기에 따라 왜곡과 오해를 불러옵니다. 듣는다는 것은 쉽고도 어려운 일입니다. 많은 시인들이 적나라하고도 개성적인 세계를 통해 듣는다는 것의 가치와 소중함을 일깨워주었습니다. 듣는 것이 넘쳐 불통의 시대가 된 오늘을 진단하면서 내일을 열어봅니다.

이제, 시를 사랑하는 분들 앞에 『소금시-귀』를 선보입니다. 집필해주신 시인께는 고마움을 전해 올리며, 이 시집에 수록된 163편의 작품을 통해 서로 소통하는 환한 세상이 만들어졌으면 좋겠습니다.

소금시-귀, 앤솔로지발간위원회

| 차례 |

소금시 앤솔로지를 펴내면서

강영은 강영환 고경숙 고명자

고안나 공광규 구재기 권영상

권정남 권정희 권혁수 김경숙

김광규 김규동 김길나 김남극

김도향 김명아 김민정 김밝은

김 선 김소해

강영은

이순耳順

풍열風熱과 술 마시고 담화痰火가 치밀어도
뼈 없는 귓속이 고요하다
물소리, 바람소리, 치솟던
소리의 종맥宗脈이 부드러워졌다
이렇듯, 창밖 풍경을 듣는 귀의 자세가
순해졌다

밀림으로 가는 눈은 어두웠지만
벌레소리가 선명해졌다
밤마다 귀뚜라미 소리를 퍼냈다
달이 뜬 것처럼 소리의 모양이 둥글어 졌다
무릎이 겸손해졌다
입이 가늘어졌다

어느덧 나는 땅의 숨소리만 엿듣는 고집불통의
귀를 지니게 되었다

강영은 _ 제주 출생. 2000년 《미네르바》 등단. 시집 〈녹색비단구렁이〉 〈최초의 그늘〉 〈풀등 바다의 등〉 〈마고의 항아리〉 등이 있음.

강
영
환

귀 무덤

낯선 이명으로 모국어가 울었다
날개 달아 가고 싶은 땅
그러나 끝내 불러 주지 않았다
귀 속을 날고 있는 박새와
물결로 밀려가는 서녘 구름떼
모시나비 날개짓에 함께 춤추는
온 음계 위에서 떨어지던 귀
눈 먼 달팽이관이 혼자 울었다
귀를 잃고 버리지 못한 혀가
이명 속으로도 돌아오지 못한 채
귀에 익은 풀벌레 노래 속으로 걸어간다
몸을 잃고 물선 땅에 묻혀 있을 때
수십만 귀를 모두 열어 두어도 모국어는
끝내 이름을 불러 주지 않아
날개를 달고 싶은 귀다

* 귀무덤 : 임진왜란 때 왜군들이 자신들의 전공을 보고하기 위해 코와 귀를 베어 자기나라로
가져갔다. 이들을 모아 무덤을 만들었는데 귀 무덤이라고 하며 현재에 교또와 대마도에 있으며
우리나라는 이를 송환조차 하지 않고 방치해 두고 있다.

강영환 _ 경남 산청 출생. 1977년 동아일보 신춘문예로 등단. 1980 동아일보 신춘문예 시조 당선.
시집으로 〈출렁이는 상처〉 외 다수. 시조집으로 〈모자아래〉 외 부산작가상 등 수상.

잠귀

소금시

고
경
숙

   나무 향 짙은 욕실, 안주인이 뿌옇게 젖으며 받아놓은 물
은 고정이다 미리 대기한 하얀 수건과 가운이 적막과 마주
하고 있는 료칸 구석 방,나는 무거운 공기층을 휠휠 복도를
가로질러 욕조에서 액화液化된다

   오늘 밤은 유성이 어둠 조각들을 물고 수없이 떨어질 거라
했다 더러 몇 개는 내게도 올까? 따뜻한 물에 수초처럼 잠겨
있는 몸의 형체는 이미 없는데 별똥별 떨어져 문득 문득 먼
기억을 스칠 때마다 까맣게 타버리는 이름을 굳이 호명하지
못한다 내 잠은 언제쯤 깨어날까?

   안개에 섞여 물속을 떠다닌 밤이 더디게 가고 축축한 새벽
숲길을 따라 녹아버려 더는 필요 없는 신발 두 짝을 쥐고
바람을 따라간다

   길목마다 이정표가 박혀있다 5:00 5:05 5:10 ~~, 표식마다
살풋 쉬어간다

   가도가도 안개밭, 내 몸은 직립으로 서질 못하고,

   알람이 자꾸 내 귀를 때린다

고경숙 _ 2001년 《시현실》 등단. 시집으로 〈모텔 캘리포니아〉 〈달의 뒤편〉 〈혈穴을 짚다〉 〈유령이
사랑한 저녁〉이 있음. 수주문학상. 두레문학상. 경기예술인상 등 수상.

고
명
자

얼굴에서 너무 먼 귀

그러면서 베토벤은
보청기를 빼 바닥에 내동댕이쳐 버렸네
소란스런 세상을 흰 종이에 옮겨 그릴 수 없다면서

베토벤은 펜촉으로 소리를 그렸네
베토벤은 그믐밤을 빌려와 달무리를 그렸네
베토벤은 없는 달빛을 빌려와 흰 종이에
소리를 흩어놓았네

책상 아래로 캄캄하게 미끄러지고 조각나고
소리는 불꽃으로 치솟았네
귀를 잃고 나서야 소리를 찾은 베토벤은
얼굴을 감싸안고 혼자 울었네

고명자 _ 2006년 《시와정신》 등단. 시집으로 《술병들의 묘지》가 있음. 전국 계간지 작품상 수상. 현재 《시와정신》 편집차장.

귀를 씻다

먹기 싫은 음식들이
아무렇게나 담긴 채 입 빌러 다닌다
쓰레기통 속에서
앙칼진 고양이나 불러들일
부패된 내용물들이
천리향 담장 타고 넘듯
천리 쯤 갈 모양새다
봄밤 꾀꼬리 목청이면 좋더라
그 소리 따라가면 안 먹어도 배부르더라
달빛 부서지는 밤
변질된 재료들을 어쩌면 좋아
이미 중독 되어버린 세포들은 어쩌나
입 벌리지 않아도
내 속으로 들어와 쌓이는 포만감은 또 어쩌나
제 멋대로 차려진 식탁 앞에서
더 이상 듣고 싶지 않는
귀를 틀어막을 거야

고안나 _ 2010년 《부산시인》으로 등단. 시낭송가. 한국오페라교육문화진흥원 추진위원.
국제에이즈연맹 한국홍보이사. 부산시인협회 회원.

공
광
규

모과 꽃잎 화문석

대밭 그림자가 비질하는
깨끗한 마당에
바람이 연분홍 모과 꽃잎 화문석을 짜고 있다

가는귀먹은 친구 홀어머니가 쑥차를 내오는데
손톱에 다정이 쑥물 들어
마음도 화문석이다

당산나무 가지를 두드려대는 딱따구리 소리와
꾀꼬리 휘파람 소리가
화문석 위에서 놀고 있다

공광규 _ 1986년 월간 《동서문학》 등단. 시집 《대학일기》 《마른 잎 다시 살아나》 《지독한 불륜》
《소주병》 《말똥 한 덩이》 《담장을 허물다》 《파주에게》와 산문집 《맑은 슬픔》이 있음. 윤동주상문학대상,
고양행주문학상, 신석정문학상 등 수상.

귀

소금시

구
재
기

양쪽에 마구리를 대어
뒤틀림을 막아내고 싶다

잠시 스쳐 지나가는
바람소리를 벗어나고 싶다

왜 물속에 있으면서
목말라 하고 있는가

짧은 즐거움 뒤
긴 아픔을 잊고 싶다

웃으면서 자꾸
귀를 버리고 싶다

구재기 _ 1950년 충남 서천 출생. 1978년 **〈현대시학〉**으로 등단. 시집 〈추가 서면 시계도 선다〉와
시선집 〈구름은 무게를 버리며 간다〉 외 다수. 충남도문화상. 시예술상본상. 충남시협본상 등 수상.
현재 40여년의 교직에서 물러나 〈산애재蒜艾齋〉에서 야생화를 가꾸며 살고 있음.

권
영
상

여보세요

산에서 자란 나무들은
귀가 밝다.
가랑잎 뒤척이는 소리에도
샘물 때구르르 구르는 소리에도
퍼뜩 귀를 연다.
삐잇삐, 어린 산찌르레기
외로이 우는 울음에도
나무는 놓치지 않고 귀를 기울인다.
그걸 안다, 목수는.
목수는 그걸 알고 산에서 자란
나무를 베어 문을 만든다.
여보세요,
누군가 힘없이 부르는 작은 소리에도
선뜻 귀를 열어 주는
그런 문을.

권영상 _ 1979년 강원일보 신춘문예 동시 당선. 1991년 《시대문학》 시 등단. 동시집 〈엄마와 털실뭉치〉 〈나만 몰랐네〉 등 10여 권 있음. 세종아동문학상, 소천아동문학상 등 수상.

소금시

목이버섯의 진언眞言

백두산에서 자란 목이木耳버섯을 씻는다
검고 윤기 나는 귀들이 물속에서 풀어진다

언제부터인가 내 귀가 들리지 않는다
외딴 섬에 홀로 썰물처럼 밀려 나왔다
저 만치 사람들은 자기들 끼리 수화를 하고
나무와 파도도 소리 없이 흔들리고 있다
그동안 너무 많은 말을 하고 소리를 키웠다
때론 내 안의 여러 마리 맹독성 짐승을 키우며
그 짐승을 누가 알까봐
몇 개 탈을 바꿔 쓰며 세상을 향해 으르렁 거렸다
그 대가로 세상의 소리와 차단이 되었다

목이버섯의 순한 귀를 흔들어 씻자
조근조근 바닥까지 정중히 나를 내려놓고
세상에서 가장 부드럽고
선한 말씀에 귀[耳] 기울여 보라고

천지天地를 다스리던 바람소리, 물소리, 자작나무이파리에
햇살 뒹굴던 소리들이 진언처럼 들려오기 시작했다

권정남

권정남 _ 1987년 《시와의식》 등단. 시집으로 『속초바람』 외 3권. 강원문학상 외 다수 수상.
한국문인협회, 강원문인협회, 관동문학회, 강원여성 산까치회, 속초문인협회 회원.

권정희

반가사유상

어지간한 소리들은 귀가 커서 잘 듣겠다
저 앞에 무릎 꿇고 지극히 원 세우면
두 귀를
허공에 걸고
피 닳도록 듣겠다

면벽한 자세로는 들을 수 없는 소리 있어
수천수만 귀를 열고 고심하는 저 사내
화엄꽃
곱게 피는 날
철 밖으로 나오겠다

권정희 _ 2015년 《시와소금》 봄호 신인상 당선. 시집으로 〈별은 눈물로 뜬다〉가 있음. 2016년 천강문학상 시조 대상 수상.

임금님 귀

소금시

권
혁
수

신문을 읽다
아무생각 없이 들에 나가고 싶은 날이 있다 당나귀처럼
풀잎 냄새가 그리운 날 바람을 맞으며
아무 말이나 지껄이고 싶은 날이 있다

짤랑 짤랑

소크라테스가 부러운 날이 있다 소크라테스가 부럽지 않은
당나귀를 거느린 당나귀를 생각하며
울고 싶은 날이 있다

쩔렁쩔렁

당나귀와 헤어진 당나귀처럼 들을 헤매다
그 자리에 묻히고 싶은 날이 있다
묻혀
세상에서 가장 미운 당나귀에게 듣고 싶은 소리
듣지 못해
환장한 당나귀소리를 되돌려주며
함께 울고 싶은 날이 있다

권혁수 _ 2002년 계간 〈미네르바〉 시 등단. 강원일보 신춘문예 소설 당선. 시집으로 〈빵나무아래〉 〈얼룩말자전거〉가 있음. 2009서울문화재단 젊은예술가지원 선정.

소금시

김
경
숙

귀동냥을 청하다

귀는 어리석하다.
말속의 이성이나 품질도 모르면서
겉말의 감정만 삼키는, 어쩔 수 없는 일이다.

귀는 나의 가난한 일간지日刊紙였으며 솔깃한 벽보였고
속수무책 맞닥치는 내외의 낙서 같았다. 이십사 시간 넘쳐
나는 뉴스화면이면서 구독을 강요당하고 있는 에스엔에스,
불특정 관계망너머 눈동냥으로 배운 세상의 구설들이
지끈지끈 머릿속으로 쌓였다.

들은 말로 앓고 잊은 말로 더 크게 앓기도 하는 귀로
아무리 골라 들어도 세상엔 말들로 흉흉해서
훔치고 싶은 미담美談과 털어내고 싶은 괴담怪談들이
귀 밖엔 무성하다는 것을 알게 되었다.

어둠에서 시작되는 구전口傳을 좋아하던 나는 할머니
무릎으로부터 물려받은 유산을 너무 밝은 아이에게 되
물려주고 있지만 동정同情도 없이 귀동냥을 청할 때가 있는
것은 귀는 이미 아둔한 벽지僻地가 되어 차츰 말들의 눈총을
받고 있기 때문이다.

김경숙 _ 화천에서 태어나 서울에서 성장. 2007년 《월간문학》 등단. 시집으로 《얼룩을 읽다》 등.
한국바다문학상, 해양문학상 수상.

귀 · 2

나뭇잎에 내리는 가을비 소리
유리창을 후드득 두드리는 빗줄기
수녀원 회랑을 스쳐가는 옷자락 소리처럼
그것은 일종의 침묵이라고 생각했다
목련꽃 소리 없이 떨어지게 하고
라일락 향기를 골목에 퍼뜨리는 봄바람
또는 고층건물 모서리에 부딪혀
윙윙거리는 하늬바람 소리도
침묵의 변형이라고 생각했다
그러나 하루 종일 쏟아진 폭우가
파주와 연천을 물에 잠기게 하고
동지나해에서 올라온 돌개바람이
서해대교 강판을 몇 개나 떨어뜨렸을 때
그것은 결코 침묵이 아니었다
말없이 오랜 세월을 견뎌온
바위와 나무와 조개의 침묵
그 들리지 않는 소리도 이제는 듣고 싶었다

김광규(金光圭) _ 1975년 《문학과지성》으로 등단. 시집으로 〈우리를 적시는 마지막 꿈〉 〈시간의 부드러운 손〉 〈오른 손이 아픈 날〉 등 11권. 시선집으로 〈희미한 옛사랑의 그림자〉 〈누군가를 위하여〉와 산문집으로 〈육성과 가성〉 〈천천히 올라가는 계단〉 등이 있음. 김수영문학상, 편운문학상, 대산문학상, 독일 언어문학 예술원의 프리드리히 군돌프상 등 국내외 주요 문학 및 문화상을 수상함.

소금시

단물

김 규 동

크기 모양
멋대로
터 잡고 가꿨는데

양쪽 길
찾아왔다
휑하니 가버리니

그물눈
잘게 만들어
단물만 쪽
빨지 뭐

김규동 _ 강원 영월 출생. 2002년 《한국문인》 등단. 시집으로 《전어》 《꼴갑》이 있으며 저서로 《박용래시 창작방법연구》가 있음. 문학박사. 창원대학교 출강. 창원공단문화상 수상.

? 물음으로 남는 물음표

김길나

입 아래 귀가 그려져 있다
입 위에 귀가 그려져 있다
고요를 듣는 귀는 초현실 화법에 묻혀
현실에서 추방 되었다

먼저 말이 있어 듣게 되었다
먼저 들어야 말이 되어 나온다
이런저런 논쟁으로
마음의 고요가 실종 되었으므로
마음 바깥이 소란하다

결국, 입과 귀의 얽힘 현상인 바퀴가
시간을 달리고
세계를 돌린다
라고 입이 말한다

사람의 말이 생겨나기 이전에도
바람의 말, 비의 말, 천둥의 말이
낮과 밤을 달리고
꽃을 키웠다
라고 귀가 듣는다

입이 닫히고
귀가 열리는 시간이 있다
목소리 없이 말을 듣는 때가 찾아오고 있다

고독의 방, 거울의 방을 경유해
육肉의 탈의실로 들어가는 문 앞
거기, 단독자의 비장한 처소에서
마지막은 무슨 말이 들릴까?

김길나 _ 1995년 시잡『새벽날개』로 등단. 1996년『문학과사회』가을호에 시를 발표하면서 작품 활동. 시집으로 〈시간의 천국〉외 다수.

귀

김 남 극

　남의 말을 듣는 것보다 남에게 말을 하는 걸 좋아해서 인간은 청력이 발달하지 못했다고 한다 인간의 청력은 개와 비교도 안 될 정도로 허접하다 어떤 때는 아예 귀를 닫고 산다 그게 편하기도 하다

　　혼자 고요와 앉아 있어보면
　　귀가 먼저 열린다
　　열린 귀 속으로
　　소리는 들어와 귀와 놀기도 하고
　　소리끼리 살을 섞기도 한다
　　고요가 소리를 부르는 셈이다
　　고요가 귀를 여는 셈이다

　　혼자 앉아 밥을 먹거나
　　밭가에 앉아 내려오는 어둠을 듣다보면
　　나는 청력이 발달한 동물 같아서
　　자꾸 순해지는 것이다
　　머리를 끄덕이는 것이다

김남극 _ 평창 봉평 출생 2003년 《유심》 등단. 시집 〈하룻밤 돌배나무아래서 잤다〉가 있음.

김
도
향

소리들의 세상

누군가 황급히 떠나는 버스 잡으려
다급하게 뛰어넘는 소리
누군가 무거운 봇짐 들어 올리며
가쁜 숨결 고르는 소리
누군가 지나간 흔적은 있지만
바람과 함께 사리진 발자국 소리
이런 소리들을 들으며 귀가 걸어가고 있다
2층, 4층, 5층 아니
지하 1층, 지하 2층, 주차장
귀 없는 벽에 기대어
떠다니는 소리들을 음미하고 있다
빠른 소리, 느린 소리. 술 취한 소리
소리들의 세상에서
오늘은 왠지 소리들이 없다
조용한 야음을 틈타서
나는 백지 위에 글씨 갈기는 소리를 내고 있다

김도향 _ 2017년 《시와소금》 신인상 당선으로 등단.

귀가 멍들어 간다

김명아

　회화나무 비탈에 섰다 꽃 덮개 입고 비를 가리고 무릎사이 앉아 다리를 건넜다 물 만나 집 짓고, 물길 찾아 몸에 둘렀을까 한때 물속이었던 옷 벗고 물을 담아내지 못해 방파제 앞에서 혀가 잘렸을까 섬은 찢어지고 갈라진 파편으로 튀어 오른다

　등대 앞에서 빨판이 되어 오르며 다리가 녹아내린다 제자리에 서야 멈추는 행렬, 파도의 갈피마다 날름거리는 낚싯줄, 물보라에 가려진 섬들의 소식, 바다로 뛰어든 괭이갈매기 울음소리에 허리 꺾고 자진모리를 돈다 파도소리에 귀가, 귀가 멍들어 간다

김명아 _ 전남 여수 출생. 2009년 《시와산문》 등단. 시집으로 《붉은 악보》가 있음. 한국녹색문학상 수상. 《시의 밭》 동인. 한국녹색시인협회, 한국현대시인협회, 시와산문문학회 회원.

김
민
정

들었다

물소리를 읽겠다고
물가에 앉았다가

물소리를 쓰겠다고
절벽 아래 귀를 열고

사무쳐 와글거리는
내 소리만 들었다

김민정 _ 삼척 출생. 1985년 《시조문학》창간25주년기념 지상백일장 장원. 시조집으로 《바다열차》 외 7권. 나래시조문학상, 열린시학상, 한국문협 작가상, 철도시인공로상 등 수상.

여시아문如是我聞*

김밝은

두 다리 맘껏 펴고 자지 못한 날이 많았던 거야
가끔 상상의 지도가 깨끗이 지워져 어지러울 때도 있었을 테지
지끈지끈해지는 사람 사이는 또 얼마나 많았겠니

손에 다 쥐었다고 생각하는 순간
빠져나가 버리는 이야기들이어서 더 아픈지도 몰라

추운 날 더 생각나는 메밀꽃
무슨 수를 내 눈 깜짝할 사이 찾아낼 수는 없을까

가슴 한편 참방참방한 물길을 걷어내고
오래 묵어 더 그리운 쪽문 하나를 열면
수천 년도 교묘히 뛰어넘어와 줄 사람 하나

어쩌면
약속인 양 꽃을 들고 서 있을지도 모르니

누군가 네 머리를 짓찧는대도 주문을 걸어볼 테야?
뜨거운 절망이라도,

도깨비사람 나와라

뚝딱…

* 여시아문 : 불경의 모든 첫머리에 붙는 말로 '나는 이와 같이 들었다'

김밝은 _ 2013년 《미네르바》 등단. 시집으로 《술의 미학》이 있음. 현재 《미네르바》 편집위원, 《월간문학》 편집국장.

가을 귀

소금시

김
선

달뜨면 귀를 열고
풀벌레를 마중하고

풀벌레 그 소리에
달의 안부를 전해 듣는

야생종 달맞이꽃도
노란 귀를 세운다

김선 _ 본명 김선화. 2016년 《시와소금》 가을호 신인상 시조 등단. 젊은시조문학회 사무국장. 월간
《시조갤러리》 편집위원.

김
소
해

달팽이관

청각의 긴 통로를 다 돌아도 못 알아듣네

마늘밭 시금치 밭 겨울해풍 다독여낸

섬 친구 초록노래를 택배 받은 풍금소리

김소해 _ 1988년 부산일보 신춘문예 등단. 시조집으로 〈투승점을 찍다〉 외 2권이 있음.
한국시조시인협회 본상 등 수상.

김수복 김순실 김양숙 김예인

김완수 김완하 김용화 김인구

김인숙 김임백 김임순 김재천

김정미 김종원 김지헌 김진광

김찬옥 김택희 김현숙 김혜천

김홍주

해가 지다가

바람이 불어오는 곳으로
노루귀가
궁금한 귀를 쫑긋 세우니

궁금한 잎들도
입을 열듯 말듯

김수복

김수복 _ 1975년 《한국문학》으로 등단. 시집으로 〈지리산 타령〉, 〈낮에 나온 반달〉, 〈새를 기다리며〉, 〈외박〉, 〈하늘 우체국〉, 〈밤하늘이 시를 쓰다〉 등등. 단국대 문예창작과 교수. 서정시학 작품상, 편운 문학상, 풀꽃 문학상 수상.

김
순
실

중이염

내 목소리가
저 끝, 아주 먼 곳에서 울리지
귓속에서는 웅웅웅 기계음

초고속의 시대에
닫힌 문 안에서 허둥대는
고막, 이소골, 달팽이관이여
내 몸 속 난청지대는 얼마나 될까

내 소리의 길로 들어오지 못한 소리들이
허공을 떠돌다가, 떠돌다가……
끝내 닿지 못하는 너와 나

그러나 깊디깊은 시원
우주의 소리에
나는 귀를 기울인다

내 감각의 뿌리까지 뒤흔드는 소리
내 귀는 활짝 열렸다
고요의 세계를 향해

김순실 _ 1998년 강원일보 신춘문예 등단. 시집으로 〈고래와 한 물에서 놀았던 영혼〉〈숨 쉬는 계단〉이 있음.

소금시

미란다의 원칙
— 귀

김 양 숙

태아의 시간을 고집한다
태아의 소리를 고집한다
바람소리도 빗소리도 아닌 태아의 시간을 듣기 위해 태아
의 체위를 몸 밖에 내다 걸었다 처음으로 들은 건 어머니가 몸
밖으로 내뱉는 숨비소리였을까 영혼을 탕진했던 아버지의
발자국소리였을까

입속에서 살아 바글거리는 말 귓바퀴를 돌게 풀어놓았다
귓속이 뜨거웠다
열사람에게 듣는 말보다 한사람의 말이 사는 동안 일용 할
소리가 된다는 것 그 말이 귓속에서 공명을 만들어 심장 을
뛰게 한다는 것 체온 묻은 말은 한 귀로 들은 말이라도 멀리
보내지 말고 두 귀에 담아두라던 당신

몸이 저물어 갈 때 마지막으로 기억하는 건 귓바퀴를
맴도는 사랑하는 사람의 목소리이라는데 그 날 흰 시트위에
누워 있는 당신에게 내 목소리가 들리면 눈을 크게 떠보라고
하자 눈을 크게 뜨고 소리를 찾아 향하던 귀 초점 잃은 눈
이승의 마지막 소리로 내 목소리를 기억 하며 떠났을 당신은
나에게 거리로 먼 사람이 아니라 소리로 먼 사람이 되었다
이승의 경계에서 마지막 소리를 들으며 몸밖에 내다 건 창을
닫는 시간 당신의 발자국을 닮은 어둠이 저물어 가고
있습니다

김양숙 _ 제주 출생. 1990년 《문학과의식》 시 등단. 시집으로 〈지금은 **뼈**를 세우는 중이다〉 〈기둥서방
길들이〉가 있음. 한국시인상. 시와산문 작품상 등 수상.

김예인

중이염을 앓고 있는 여자

돌아눕는 밤
귀에서도 눈물이 나는 것 을 본다

내 몸 지하에서
바위를 뚫고 온천수 펄펄 끓는 소리
들린다
마른 잡목처럼 살아온 세월
가지마다 옹이가 녹아
깊은 우물에 고여
두레박을
내려도 내려도
들리지 않더니
철, 유황, 나트륨 묵새기다가
곪아터져
귀 울음 소리만 가득한 밤

다만
보일뿐이다

김예인 _ 본명 김인숙. 2010년 월간 《문학세계》 등단.

귀앓이

김완수

내가 그녀의 소리를 저울질할 때
귀에서 고름이 나왔다
귓구멍은 막히고 귀청은 탁해졌다
소리를 듣지 못하는 속귀는
머리에 뜻을 온전히 전하지 못했다
온몸을 울리며 말하던 그녀
그녀의 말이 허공에서 추락하자
모든 소리도 내게 말을 하지 않았다
내 귀는 불통의 난청 지역
귀는 떠도는 소리들만 먹는지
구멍엔 귀지가 들어찼다
귀이개가 겉노는 건
그녀의 말을 바람처럼 들었기 때문
내 말도 어물쩍 입을 닫는다
귀울림이 머리까지 전해진다

김완수 _ 광주광역시 출생 2013년 농민신문 시조 당선. 2014년 5 · 18문학상 시 당선. 2015년 광남일보 신춘문예 시 당선.

김
완
하

노루귀

연초록 풀빛 번지는 산등성에 흰 구름 올려다보는 노루 의
천진난만
　그건 가장 투명한 생명과 자유의 상징
　노루의 머루 알 같은 눈망울 한번 들여다본 사람은 누구
나 호수 같은 마음 알고 있지

　가장 행복한 꽃 이름
　노루귀 그건 한번 피어 백년 가고
　꽃에 새겨 천년을 넘는 것
　동물과 식물 양쪽을 동시에 석권한 것

　노루귀는 최고의 순수로
　앞만 보고 사는 사람 절대 볼 수 없지
　작은 키로 바닥에 바짝 붙어 누구나 무릎 꿇고 두 손 땅
짚어 머리 조아려야 보이는 꽃

　하얀 털 뒤집어쓴 꽃대 나오고 꽃 피면 그 꽃 질 무렵에 잎
돋는다
　노루귀의 꽃말 인내와 신뢰 믿음이 나오는 지점

　그 귀로도 이 세상에 더 들을 소리 있는지

봄이면 산과 들에 귀를 쫑긋 쫑긋 세운다
그 노루귀 내 안에도 있다

김완하 _ 1987년 《문학사상》 신인상으로 등단. 시집으로 〈길은 마을에 닿는다〉 외, 저서로 〈한국 현대시와 시정신〉 외. 시와시학 젊은시인상 등 수상.한남대학교 국어국문창작학과 교수. 현재 《시와정신》 편집인 겸 주간.

김
용
화

불두화 피는 밤

워낭 소리 무심히
빈 뜰을
채우는 밤

몽실몽실
달 아래
불두화 벙그는 소리

외양간 소가
귀 열고
가만
눈 감으시다

김용화 _ 충남 예산 출생. 1993년 《시와시학》으로 등단. 시집으로 〈아버지는 힘이 세다〉 〈감꽃 피는 마을〉 〈첫눈 내리는 날에 쓰는 편지〉 〈비 내리는 소래포구에서〉 〈루루를 위한 세레나데〉가 있음. 시와시학상 동인상 수상.

김인구

경청

눈을 들어 눈과 눈 속의 이야기가
건너갈 수 있도록 문을 열어요
외투를 벗어 놓은 몸은 15도
아주 조금만 기울여요
당신에게로만 가만히 입과 귀가 길을 내도록
내버려 두어요
내 눈 속의 당신과 당신 눈 속의 내가
서로에게 스며 번질 수 있는
허공에 길을 내어요
기울어지는 몸의 각도에는
보이지 않는 나무 한그루
당신과 나만의 허공의 각도를 허락 합니다

김인구 _ 전북 남원 출생. 1991년 《시와의식》 여름호에 〈비, 여자〉외 2편을 발표하면서 작품 활동시작. 작품집으로 〈다시 꽃으로 태어나는 너에게〉〈신림동 연가〉〈아름다운 비밀〉〈굿바이, 자화상〉 외 공저 다수.

김인숙

반고리관의 한계

반고리관 여름 속으로
온갖 이파리들이 밀려들어온다
이파리들은 나무를 흔드는 역할,
엽록葉綠의 말들을 귓속에 채운다
귓속과 소라껍질과 나무에는
모두 바다가 들어있다
파란색의 뒤끝은 하얗게 부서지고
울려 퍼지는 돌고래의 허밍에
어지럽게 꼬인 대뇌로
절지류節肢類들의 검지가 꼼지락거린다.
수평선에 빛나는 건반들의 연주
무성한 소문, 파도의 모양 따라
물위를 서성거리는 음파들
역류의 풍랑은 울렁울렁
침몰한 난파선을 물 위로 띄운다.
한걸음으로 내닫던 귀울림들이
정수리까지 치솟다가
다시 발끝으로 잦아드는

김인숙_2012년 《현대시학》 등단. 한국현대시인협회 작품상. 열린시학상 수상.

문서파쇄기
― 가려운 귀

김
임
백

함부로 누설할 수 없는 비밀
야금야금 받아먹어 소화불량에 걸렸다
입 막고 눈 가리며 살아온 세월
이제, 터질 것 같아
문서파쇄기에서 탈출 나온 종잇조각들
바람 부는 대로 흩날리다가
나뭇가지에 털썩 주저앉았다
어스름 달빛 숲속 지날 때
임금님 귀는 당나귀 귀
임금님 귀는 당나귀 귀
웅성거리는 소리 들렸다
비밀의 주파수 삐삐삐삐
입 근질근질한 바람
신비한 암호로 여기저기
호출문자 보내고 있었다

김임백 _ 2014년 〈동아연합신문〉 신춘문예 시 당선

김
임
순

내 귓속엔

붉은 물집 살갗의 이울어진 삶의 결들
음파로 되감긴 귀 오래된 축음기인가
아득한 시간의 저쪽
소리하나 날아든다

한 쪽에 몸 기울이면 아직도 흥얼대는
"목단꽃 저래 곱다 혼자서 우째 다 보노"
어머니 유선을 타던
그때의 하얀 넋이

밀물 진 갯벌의 시간 허둥대던 퇴근 길
혈류 없는 인공젖병 해지도록 밀어내고
엄마다. 그제야 섧던
내 아가의 젖빛 울음도

김임순 _ 2013년 《부산시조》와 《시와소금》으로 등단. 시조집 〈경전에 이르는 길〉이 있음.
공무원문예대전 안전행정부장관상, 연암청장관문학상 수상.

귀에 대한 소감

김재천

흡사 장미 꽃잎같아
행복에 겨운 잠을 몰고 오는 소리만을
듣고 싶어 양쪽에 기대어 있음인가

북극성도 북두칠성도 보이지 않는
암흑의 하늘가를 떠도는 이명耳鳴은 태고적
소리인지도 몰라

그대와 내가 주고 받는 대화소리는
또렷하지만 인정되는 것만을 구별하는 이 불평등은
무자비하고 이기적 같은 가뭄인지도 몰라

바람결에 대나무 숲을 흔드는 "임금님 귀는 당나귀"
귀와 귀가 주고 받으며 촛불을 만드는데
귀만 잘린 채 현해탄을 건너간 아픔은 어이할거나

오늘도 그대
세상의 숱한 소리속에서 장미 꽃잎속에 숨어있는
이명의 소리로 내게 잠을 주었으면

그러나
고양이 귀처럼 너무
잘 들려

김재천 _ 충남 홍성 출생. 2012년 《문학예술》 등단. 현재 (사)한국휴게음식업중앙회 선임이사.

소금시

김
정
미

강낭콩이 볼륨을 올릴 때

종로5가 보청기 상점에는
소리를 기다리는 아픈 귀가 산다
볼륨 높은 소리만 맛보는
귓속형 보청기는 편식의 입맛을 가졌다
귀의 덧문을 열고 나간
그 많던 소리들은 어디로 꼬리를 감춘 것일까

데시벨이 감정 주파수를 맞출 때
감정이 귀의 볼륨을 올릴 때
그것은 출렁이는 생각의 메아리
소리의 배후엔 코끼리의 큰 귀가 팔랑였다는 것
고대부터 전해온 말은 공룡의 뼈를 닮았다는 것

말의 자루 속에는
덜 여문 생각도 모두 한 뿌리일 거라는 귀의 변辯
까맣고 단단한 말을
오래도록 귀 속에 묻어 두었다

공중에 걸린 구름은 하늘의 하품이라지만
마음에 심어둔 생각은 열매를 맺는다지만
보청기가 진열장에 골똘하게 앉아

볼륨을 올릴 때

꼬리 감춘 말들이 귀를 환하게 열거라는 꿈
잃어버린 웃음 한 켤레를 곧 찾을 거라는 꿈
노인이 용서를 건져 올릴 거라는 헤밍웨이의 꿈
귀 밖을 서성거리는 생각의 발자국
종종 길을 잃거나 사라지거나
파닥이는 저 소리의 흰 날개들
강낭콩이 볼륨을 올릴 때

김정미 _ 2015년 《시와소금》 시 등단. 산문집으로 《비빔밥과 모차르트》가 있음.

다시 새벽이 오면

김
종
원

귀 기울이면
들린다.
그저 그렇게 다시 새벽이 오고

긴긴 밤
바람이 불었고 비가 내렸다.
잠들지 못한 들고양이가 앙칼지게 울었고
꿈속에서도 온갖 쓸모없는 걱정을 하고.

들린다.
이른 새벽
혹시 가족들이 잠 깰까 봐
조용히 집을 나서는
아버지 발자국 소리

조금씩 조금씩
귀에서 멀어질수록
가슴 깊이 더욱 선명하게 울리는
그 소리

들린다.

또 아무렇지 않은 듯
새벽이 오면.

누군가는 버스에서 졸고
누군가는 군대 간 아들 걱정을 하고
누군가는 비어 버린 통장의 잔고를 걱정하고
누군가는 아픈 아들의 손을 잡고 멍하게 하늘을 쳐다보고

살아간다는 것은
이렇듯 이룰 수 없는 것들을 위해
가슴 한 곳을
늘 비워 두는 일이다.

김종원 _ 1986년 《시인》 등단. 시집으로 〈새벽, 7번 국도를 따라가다〉 〈흐르는 것은 아름답다〉 등.

소금시

김
지
헌

귀가 아프다

당신이 먼 길 떠났다 돌아올 때까지도
저 울림통은 소리로 철벽을 칠 것이다
땅 속에서 7년을 벼르다
짧은 황홀을 맛보았으니
어찌 난산을 두려워하랴

마을을 통째로 떠메고 갈 것처럼
매미가 제 목숨 쏟아내는 동안
나무는 그 소리에 감전된 채 목을 내어주고

귀가 아프다는 것은
매미가,
혹은 어떤 인생이 전생을 떠메고 가느라
마지막 목숨 쏟아내는 것
소리의 상여길 같은 것

김지헌 _ 1997년 《현대시학》 등단. 시집으로 《배롱나무 사원》 외 3권이 있음.

나무의 귀

김진광

새들이 나무를 좋아하는 것은
새들의 수다를 고개를 끄덕이며 들어주는
수많은 나무의 귀가 있기 때문이다
그것이 울음인지, 웃음인지, 노래인지,
숲 속 오래된 전설인지, 해독이 어려운
연신 똑같은 말을 하는 새들의 언어
숲 속 나무의 푸른 귀들은 언제나
귀를 팔랑거리며 재미있게 듣다가
온 몸을 들썩들썩 흔들며 웃기도 한다
어찌 친구인 새들의 언어를 모르겠는가
가을이면 이야기로 가득 찬 무거운 귀를 내려놓고
봄이 올 때쯤 연둣빛 새 귀를 가지에 매단다, 나무는
새들이 나무를 좋아하는 것은
파라솔과 나무의자가 놓여있기 때문이다
여기 앉아서 맘껏 이야기 해
내 다 들어 줄게 하는 나무의 마음 때문이다

김진광 _ 1980년 《소년》(동시), 1986년 《현대시학》(시) 등단. 시집 〈시가 쌀이 되는 날〉 외 8권과 평론집 1권 등. 이육사문학상 외 다수 수상. 삼척 동해신문 논설위원, 시와소금 편집위원.

깊고 푸른 유적

빈 우물터에 달개비가 피었다
꽃은 보이지 않고 귀가 피어났다

폭우 속에서 달개비 귀가 옛 우물을 길어 올린다
푸른 두레박 속에 사라진 입들이 둥둥 떠다닌다

이글거리는 태양의 눈길을 오르는 능소화꽃처럼
남의 집 문설주마저 타고 오르던 낭창거리던 입술들

허공을 핏빛으로 장악하던 그 나팔수들도
소리 없이 사라진 지 오래다

혀 위에 얹힌 사탕을 굴리듯
마을의 온갖 소문을 빨아대던 우물 터,

하늘은 달개비의 푸른 귓바퀴를 돌려
우물 속에 생매장 된 사연들을
유적처럼 들추어내기도 한다

안개 속에서 달개비가 피었다
꽃은 보이지 않고 귀만 보인다

빗소리에도 입을 봉해버린 달개비 귀가
파란 안테나를 세워 공포영화처럼 피었다

김찬옥 _ 전북 부안 출생 1996년 《현대시학》으로 작품 활동. 시집으로 《물의 지붕》 《벚꽃 고양이》 등이 있음. 수필집으로 《사랑이라면 그만큼의 거리에서》가 있음.

불면을 듣다

소금시

김
택
희

시골집에 내려와 잠을 청한다

오래된 벽시계가 둔탁한 발길 멈추지 않는다
개수대에 쌓인 접시들도 한바탕 자리다툼에
냉장고도 더부룩한 속을 다스리는지 크르륵
캄캄한 시골 밤엔 바람도 잠이 없다

밤새 헤매다 겨우 잠의 골짜기를 빠져나오는데
문밖 강아지도 나처럼 뒤척였는지 낑낑거린다
눈이라도 내렸나 창가로 다가서니
마루청이 삐거덕 밤새 늘였던 뼈를 맞춘다

먼 산이 큰 소리로 하품을 한다

김택희 _ 2009년 《유심》으로 등단. 시집으로 《바람의 눈썹》이 있음.

김현숙

아버지의 귀

태국 파타야에서 여든여섯의 아버지와 예순 살 홀몸 딸이
나란히 앉아 코끼리 트레킹을 하네
코끼리의 큰 귀가 날개처럼 펄럭이는 야자수길
문득 뒤에서 본 아버지의 귀가 민달팽이처럼 작아 보이네
아버지의 완고한 귀에 부딪혀 수 십 년 되돌아 왔던 화살들
단단한 야자열매 같았던 아버지에게 서운한 적 많았네

5년 전 위암수술 받은 아버지가 힘겨워 내뱉던 신음소리
그 소리에 고막이 요동치며 피의 주파수를 높였을 때
박쥐처럼 거꾸로 매달려 아버지의 마음을 생각했네
이젠 완고했던 성벽도 무너져 빛이 들고 새가 울지만
아버지의 귀는 얼마 전 고막을 닫고 적막해졌네

코끼리 등 위에서 종이처럼 얇아진 아버지의 귀에 대고
"아버지, 코끼리 타니까 기분이 어떠세요?"
"응, 코끼리가 똥 쌌다 구? 난 못 봤다"

김현숙 _ 2010년 강원일보 신춘문예에 등단. 시집으로 〈희망의 간격〉과 기행집 〈메콩강에서 별과 시를 줍다〉가 있음. 수향시낭송회장, 춘천문협회원, 시선회원, 강원다문화복지신문 발행인.

열린 귀

누가 숲을 고요하다 하는가

정령들의 눈동자가 아침을 핥는
물안개 피어오르는 숲

나무와 나무의 간격을 이어주는 바람 소리
나비 날갯짓의 춤추는 이파리
꽃술의 달콤함을 터는 꿀벌의 진저리
유두같이 매달린 버찌의 젖몸살 앓는 소리
죽은 나무 등걸에 피어난 상황버섯의 물기어린 속삭임
직박구리가 쪼아 떨어뜨린 나뭇가지의 신음
지층을 흔들며 솟아난 동충하초의 함성

비척거리는 내 활자들 허공 더듬는 소리

세로로 가로로 공기를 흔들며
흩어지는 소리 소리들

5월의 숲
말 그 너머의 세계, 소리들이 환하다

김혜천

김혜천 _ 2015년 《시문학》 등단. 茶道 전문강사.

소금시

귀는 언제까지 열려 있을까

김
홍
주

주파수 이상을 확인 할 때 까지
평형감각은 균형을 맞추려고
얼마나 애썼을까

세반고리관 내의 청사의 울림도
느물거리는 일상에 지쳐
구토할 듯 고막에 온 몸 기대고

하루 소음에 찌든
저항 없는 무의미한 소리의 향연은
당긴 고무줄의 긴장처럼
탈출구를 찾는다

언제라도 문 닫고 싶을 때
철커덕 빗장 내릴 수 있다면

언제까지 모든 소리에서 자유로울 수 있다면
숲의 귀가되어
귀의 숲이 되어
세상 소리 잠재울 수 있다면

김홍주 _ 정선 임계 출신. 1989년 《시와비평》 신인상 등단. 시집으로 〈시인의 바늘〉〈어머니의 노래에는 도돌이표가 없다〉〈흙벽치기〉 등. 강원민족예술인상 수상. 현 한국작가회의회원. 성수고등학교 교사.

전원, 5악장 마음으로 듣다

나고음

음악회에서
눈에 말[言]이 가득 담긴 삼십대의 그를 만났다
곱슬머리에 볼은 소년같이 맑아 보이지만
깊은 눈이 한없이 슬퍼 보이는 그 남자, 베토벤

소리의 어둠 속에서
희노喜怒와 애락哀樂과 호오好惡로 범벅이 된
불을 뿜는 절규와 광기 속에서
깜깜 절벽으로 끝없이 추락하던 바로 그즈음

온 몸이 귀가 되어
흐르는 물소리 새소리 바람소리로 화답하는
생생하고 기쁨에 넘친 선율이
목동의 뿔피리소리 같은 클라리넷 따라
흐른이 문을 여는 교향곡 제6번 F장조 Op,68
평화로운 전원의 5악장이 흘러나온다

마음의 귀
하늘에 저당 잡힌 그의 귀가 듣는
천상의 소리가 들린다

나고음 _ 2002년 《미네르바》 등단. 시집으로 〈불꽃가마〉 〈저, 끌림〉이 있고, 에세이집으로 〈26 & 62〉가 있음. 도자기 개인전, 그룹전 다수. 서울시문학상 수상.

나
호
열

이순耳順

소귀고개 넘는다
주인과 함께 들일 마치고
서산을 향하여 무릎 꿇고 귀 세운
소잔등에 올라타는 것이다

코뚜레 벗겨주고
워낭도 풀어주고
같이 가자
뉘엿뉘엿 저물어 가자
귀한 소식 올리는 없겠지만
그래도 잠든 적 없어 예쁘고
순하여 기쁘지 않으냐

오르는 길 힘들다 하지만
내리막길은 더 서러워
홀연히 소는 사라지고
해진 신발처럼
귀 한짝 하늘 모퉁이에 걸려 있다

나머지 한 쪽은
혹시 몰라 고개 너머에 두고 왔다

나호열 _ 충남 서천 출생. 1986년 《월간문학》 등단. 1991년 《시와시학》 중견시인상 수상. 시집
〈촉도〉 〈눈물이 시킨 일〉 등 15권. 녹색시인상, 한민족문학상, 한국문협서울시문학상, 충남시인협회
문학상 수상.

깍개등의 겨울

남연우

남들이 쉽사리 가지 않는 길을 선택한
사람들 귀는 두껍다
아무리 말려도 듣지 않는다
허리춤께 쌓인 눈이
세상으로 걸어 나가는 무릎을 걸어 잠근 채
귀양살이 시름을 더 다그친다
시간의 곡률에 깃털을 다는 변방
평지의 묘수 가벼운 언행은
모서리에 내몰리는 극한을 견디지 못한다
비탈길을 타는 야생의 순한 눈빛으로
시계視界를 초월한 맹점 응시할 뿐
전기도, 수돗물도 끊긴 깍개등*
단단히 맞물린 모순의 틈을
틀어지는 아귀를 잘 맞추면서
의식주와 안빈낙도를, 귀틀집 우물 정井자
네 귀에 앉혀놓고
나리분지 설한풍에 푹 파묻힌 겨울나기 삶
절대 무너지지 않는다

* 깍개등 : 깎아지른 듯 가파른 지형을 울릉도 사람들은 '깍개등'이라 부른다.

남연우 _ 2017년 《시와소금》 봄호 신인문학상 등단. 시집으로 〈아름다운 간격〉 〈세상에서 가장 빛나는 꽃〉이 있음.

남태식

무너져라, 벽!

큰 집 대문과 무덤 사이에
벽이 있다.

귀를 잃은, 듣고 싶은 것만 듣는 벽은
눈을 잃은, 보고 싶은 것만 보는 벽은
입을 잃은, 하고 싶은 말만 하는 벽은

번듯한 군대마냥 나름 꿋꿋하고
도시에 쏟아진 폭설처럼
호들갑스러우나 시방 더 이상 자라기를 멈춘
피로한 식물이다.

가로막은 벽 이 편 무덤가에는
큰 집 대문을 향해 나아가는
무덤을 뛰쳐나온 거듭 거듭나는
여러 무리의 새 아이들

벽을 무너뜨려라.

쿵!
한 무리의 아이들이 앞서며 땅을 밟으니

쿵! 쿵!
또 한 무리의 아이들이 뒤이어 땅을 밟고
쿵! 쿵! 쿵!
또또 한 무리의 아이들이 연이어 땅을 밟는다

무너져라, 벽!

무너진다, 벽!

남태식 _ 2003년 《리토피아》 등단. 시집 《망상가들의 마을》 외 김구용시문학상 수상

소금시

노
혜
봉

자작나무 귀명창

여주 도서관 앞 잘 생긴 자작나무 두 그루
유백색 수피樹皮에 반짝이는 겨울바람,
하늘로 번어나간 가지, 하나 둘… 버려
옹이진 저 귀들, 스스로 찬란한 흠집

'널 좋아 해 연두 빛 사운대는 소리가 들려'
'응, 꽃샘추위를 재울게 사랑자장가를 부를게'
여강 물살 소리 감도는 자작나무 귀들,

수피 주름주름 옹이마다
귀란 귀는 다 열어놓고 속살속살 듣는다

화살나무 꽃잎 줄울음 갈피를 헤아리는 소리귀,
물살 겹겹이 넘기며 천년 악보 듣는 소리눈,

여강 물살이 밀며 댕기며 자작 자작나무
두 그루 커다란 귀, 귀를 잡아끌어도 흔들어도
옴찟 않는 제자리,

하늘 봄, 물빛 철철이 지나 귀명창으로 가는 길

노혜봉 _ 1990년 《문학정신》 등단. 시집으로 〈산화가〉 〈쇠귀, 저 깊은 골짝〉 〈봄빛 절벽〉 등이 있음.

물의 척추

당신의 배에 내 귀를 열면
촬촬 간지러운 당신의 귀가 돌아다닌다
아가미와 지느러미로 힘차게
내 귀를 쓸어내리며 하류를 달리는 소리
당신의 밝은 잠귀

한밤 아랫배를 흘러가며
밖을 향해 요동치는 물의 힘줄은
배고픈 당신의 숟가락이었다가
병석 끝에 끓이던
폭폭 죽이 끓던 소리다

저 아래까지 끌고 간 물의 척추는
아무리 참아도 슬픔이 되지 않는
이 무의미한 기미幾微는
누군가 퐁당 던져놓은 감정을
물이 들뜨며 갈증으로 산란한다

잠속에서 출렁이던
막다른 물이
몸 밖으로 흘러나오던 새벽의 요의尿意
사람의 물엔 감정이 있고
강의 물엔 아득한
하류와 상류가 있다

려 원 _ 2015년 《시와표현》 등단. 시집으로 〈꽃들이 꺼지는 순간〉 등이 있음.

류
경
희

그 집

그 집에서는 눈 오는 소리를 들을 수 있다
싸락눈인지 함박눈인지
눈이 내리기를 잠시 그치는 것도 알 수 있다
그 집에서는 비 오는 소리도 들을 수 있다
안개비인지 이슬비인지
화단에 채송화 싹이 언제 나고 꽃은 언제 피는지
그 집에서는 서리가 내리는 것도 느낄 수 있다
나는 매일 그 집에서 잠이 들고 깨곤 한다
그 집에서는 해가 기우는 것도 느낄 수 있다
가끔 해가 꽃밭을 들여다보다가
조금 늦게 기울기도 한다
가끔 노루가 차도를 따라 걸어가기도 하는
산촌의 그 집

어릴 때 여름에 소꿉장난할 때면
지난해의 가을이 그늘에 숨어서 우리를 바라보다가
흠칫 놀라서 사라지곤 하였다
고요는 채송화 그늘에 숨어서 우리를 보고
풀 반찬과 흙으로 짓는 밥이 익을 때쯤이면
햇살도 궁금해서 오래 들여다보기도 하였다
소꿉장난에 싫증난 우리는 살림 다 집어던져 버리고

공기놀이 하다가 땅 따먹기 하다가
숨기 장난할 때쯤이면 어두워지곤 하였다

류경희 _ 2004년 《시와세계》 등단. 시집 〈내가 침묵이었을 때〉가 있음. 현재 인천시 가정고 재직 중.

류미야

바람의 노래를 들어라

지난 생
아마도 난 북재비였는지 몰라
눈시울 붉게 젖은 노을을 등에 업고
꽃 지는 이산 저산을
넘던 그 시름애비

어쩌면 그 손끝을 뒤채던 북일지 몰라
그렁그렁 눈물굽이 무두질로 마르고
소슬히 닫아건 한 채
울음집인지 몰라

그렇게 가슴 두드려 텅텅 울고
텅텅 비워
가시울 묵정밭 지나
산머리에 이르러는,

마침내 휘이요 ─ 부르는
휘파람 된지 몰라

류미야 _ 2015년 《유심》 등단. 현재 월간 《공정한시인의사회》 편집장. 서울디지털대학교 출강.

어쩌나

소금시

문
리
보

발뒤꿈치나 뒤꼭지 어디쯤에
슬쩍
안보이게나 필 것이지
하필 빤히 다 보이게
눈치도 없이 귓불에
빨갛게 맺힌 꽃망울
얼른 톡 따내버릴까
손아귀에 꼬옥 숨겨버릴까
오만가지 궁리가 무색하게도
네 앞에만 서면 더 더 더
불긋불긋 붉어져

문리보 _ 2015년《유심》으로 등단.

문인수

귀

엉뚱한 시간에 잠이 깨어 살그머니 거실로 빠져나왔다.
　까치발을 들고 조심조심했으나 방문 여는 기척에 아무래
도 약간 건들린 것인지
　아내의 잠결이 두어 겹 멈칫, 멈칫, 주름 잡혔다. 다시
　고르게 코를 골 때까지 기다린 그 몇 각刻,

"······ 미안하다, 미안하다." 내가 내 마음에 담아 씹는 말
내가 듣는,

　죽음에 달린 어느 날의 새벽이 또한 잠시
　저 산,
　방올음산* 꼭대기에 걸려 새파랗게 쫑긋했으면 좋겠다.

* 나의 고향 경상북도 성주군 초전면의 최북단에 시퍼렇게 솟은 산.

문인수 _ 1945년 경북 성주 출생. 1985년 《심상》 등단. 시집으로 〈늪이 늪에 젖듯이〉 〈세상 모든
길은 집으로 간다〉 〈뿔〉 〈홰치는 산〉 〈동강의 높은 새〉 〈쉬〉 〈배꼽〉 등 10권. 김달진문학상, 노작문학상,
편운문학상, 목월문학상 등 수상.

귀

귀의 문을 닫았다
아무것도 보이지 않는
비어 있는 밤이
스멀스멀 들어와 자라고 있다

내 머리통 속에
가득 찬 밤
모든 소리, 깊이 잠들어버렸다

곧이어
별 뜨고
달 솟아올랐다

문효치

문효치 _ 1966년 서울신문 및 한국일보 신춘문예 당선. 시집으로 〈무령왕의 나무새〉 〈왕인의 수염〉 〈별박이자나방〉 〈나도 바람꽃〉 등 13권. 동국문학상, PEN문학상, 김삿갓문학상, 정지용문학상, 한국시협상 등 수상. 현재 계간 〈미네르바〉 대표, 한국문인협회 이사장.

국내 최초로「살」을 주제로 엮은 단행본 시집

'살'을 바라보는 시인들의 시선은 어떨까. 계간 시전문지 시와 소금(발행인 임동윤)이 '살'을 테마로 쓴 작품 121편을 한권으로 엮어 '소금시-살'을 펴냈다. 2013년에는 '소금'을, 2014년에는 '술'을, 지난해에는 '혀'를 테마로 시집을 엮었으며 올해는 '살'을 주제로 도내 시인 25명을 포함해 121명이 참여했다. 시인들은 때론 따뜻하고 때론 쓸쓸한 시어들로 우리 몸, 삶 속의 '살'을 다각도로 표현하고 '살'의 존재가치에 대해 되돌아보기도 한다. 각 시에는 독자들의 이해를 돕기 위해 박명숙, 박해림, 서범석, 임동윤, 전기철 시인이 참여해 해설을 더했다.

– 강원도민일보, 안영옥 (2016.11.11)

겉귀

박
기
섭

놋주발에 눈발이 친다

겉귀를
스치는 소리

이미
끊어진 길

가믈 현玄에 던져놓고

마음도
저무는 때가 있다

경쇠 소리에
그만

박기섭 _ 1980년 한국일보 신춘문예 당선. 시집으로 〈키작은 나귀타고〉 〈默言集〉 〈비단헝겊〉 〈하늘에 밑줄이나 긋고〉 〈역음 수심가愁心歌〉 〈달의 문하門下〉 〈각북角北〉 등이 있음.

박
명
숙

귀

그 사람 귓등으로
햇살이 다가선다

발가벗은 두 귀가
정직하게 물든다

큰 귀가
감출 수 없는 소식이
단풍으로 물든다

사랑을 알아버린
소년의 햇귀처럼

가을볕에도 달아오른
숫기 없는 귀 한 벌이

깊숙한
속내 붉히며
해를 지고 다가온다

박명숙 _ 1993년 중앙일보 신춘문예 시조 당선. 1999년 문화일보 신춘문예 시 당선. 중앙시조대상 등. 시집 〈은빛 소나기〉 등

귀

소금시

창이 없어도
창문은 언제나 열려 있다
문 열지 않아도
홀로 멀리서 들려오는
아침 바람 소리
새소리
오늘은 문득 그리운 사람
작은 발자국 소리로
나를
부를 것 같다

박민수

박민수 _ 1975년 《월간문학》 등단. 시집으로 〈개꿈〉 〈낮은 곳에서〉 〈잠자리를 타고〉 외 다수.

소금시

박
복
영

귀엣말

언뜻, 누구인 듯 싶오

왼쪽을 스친 옷깃인 듯 속살거리다 떠난

오른쪽의 빈 어깨처럼

언뜻, 누구인 듯 싶오

담을 수도 흘릴 수도 없는 풍문들이

오랠수록 빈 집을 지킬 것이나

어떤 저녁은 누구도 돌아오지 않을 것이오

나무의 그림자처럼 슬쩍

뛰어나와 기다리다 돌아가 버린 것처럼

언뜻, 누구인 듯 싶오

무성하게 자란 사막의 바람처럼

박복영 _ 1997년 《월간문학》 시 당선. 2014년 경남신문 신춘문예 시조. 천강문학상 시조 대상과 2015년 전북일보 신춘문예 시 당선. 성호문학상 수상. 시집으로 〈낙타와 밥그릇〉 외. 현재 오늘의 시조시인회의와 전북작가회의 회원

소금시

청동의 손

박분필

닿지 않는 손, 마주한 두 손에, 소복하게 쌓인 하얀 눈 위에,
햇살이 내려앉아 기도중이다, 기도가 반짝반짝 빛나는
중이다

중어, 일어, 불어도 아닌, 해석 불가능한 기도가
번역하지 않아도 해석이 되는 라스코 동굴의 벽화 같은
왜곡될 수 없는 나만의 간절한 기도가 탈색도 없이
청동의 피부 속으로 스며든다

청동의 손끝에 오른쪽 귀를 갖다 댄다
동굴 깊숙한 곳에 풀잎 끝으로 아름다운 문장을
새기는지 귓속이 간질거린다

오른쪽 귀가 간지러웠으니까 분명 소중히 간직할 만한 그림일
것이어서 긁고 싶어도 참는다
귀 벽에 새겨질 암각이, 천하의 비문이 흐트러져 버릴까봐
천년의 약속이 광택을 잃어버릴까봐
두 손바닥으로 조용조용 두 귀를 감싼다

하우현 성당 뜰에 서면
말을 걸어오시는 침묵의 손이 계신다
마음의 높이에서 마음을 읽어주는 청동의 손이 계신다

박분필 _ 1996년 시집 〈창포잎에 바람이 흔들릴 때〉로 등단. 시집으로 〈산고양이를 보다〉 외 다수.
현재 시와소금 편집기획위원.

박 수 현

미행尾行

청력검사실에서 이어폰을 끼고
왼쪽 오른쪽 번갈아 검사를 받았다
―바람소리 사이로 뚜~ 신호음이 들리면 손을 드세요
문득, 불어오는 바람을 밟고
달팽이관 안으로 들어서는 경쾌한 발자국
그 발자국 따라 나는 아주 먼 곳으로 흘러갔다
언덕을 넘고 굽이치는 내를 건넜다
버드나무 숲으로 둘러싸인 연둣빛 들판이 펼쳐졌다
호, 호오 젊은 아버지는 호드기를 불고
나는 풀밭에서 네잎 클로버를 찾았다
당신의 귓불에 살풋 클로버를 내밀었는데
깃동잠자리 날개 같은 바람의 무늬가
내 귓전에 새겨지고 있었다
어릴 적 실로폰 소리,
홍초잎 토닥이던 빗방울소리도
도돌이 음표처럼 감겨들었다

검은 구름이 뒤척이던 서녘 하늘이
별안간 당신을 흔들고 나를 뒤집었다
세찬 바람에 우지끈, 버드나무 가지가 찢어지고
천 갈래 만 갈래 솟구치는 잎새들

오래전 내 곁을 떠난 소리들이
패총처럼 쓸쓸하게 발치에 쌓이는 것을 보았다

맨 처음 싱싱했던 소리들은 어디로 날아갔을까
먼 길 당신을 쫓아가다 부르튼 발자국들
유리부스 속 10 데시빌'의 난청지대
비로소 아버지와 내가 정지 화면처럼 겹친다
─소리가 들리면 손을 드셔야죠, 손을

* 나뭇잎이 떨어질 때 내는 음향 강도

박수현 _ 2003년 《시안》으로 등단. 시집 〈운문호 붕어찜〉 〈복사뼈를 만지다〉 등. 2011년 서울문화재단 창작지원금 수혜.

박
옥
위

귀

수북하게 쌓인 귀지 절정인 듯 내닿는다

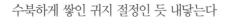

소음욕설유괴허위거짓비방세월호시신좌파우파보수진보촛불태극기탄핵반핵
비명테러자살타살난사IS폭탄테러보트피풀난사자폭차량돌진
폭발핵핵비핵미사일발사요격대륙간탄두미사일

꽘꽘꽘서울불바다

......

날마다 솟는 아침 해
풀숲 귀뚜리소리

박옥위 _ 1983년⟨현대시조⟩⟨시조문학⟩同時 천료, 1965년⟨새교실⟩시, 시조집 ⟨그리운 우물⟩ 등
11권, 성파시조문학상, 이영도시조문학상, 김상옥시조문학상, 부산문학본상, 아르코창작기금수혜,
한국문인협회자문, 한국시조시인협회이사, 오늘의시조상임이사, 시와소금 편집자문,
이영도시조문학상운영위원, 부산시조 원로, 국제펜 클럽원로 등.

소금시

귀의 집

박
이
훈

집은 어디에도 없다
그래도 가야만 한다

모래 바람 같은 모든 소리를
작은 촉수로 흡수하며

하늘의 섬광이 머리위에서 꺾이어도
뛰지 않을 것

오체투지 고행수도자처럼
묵묵히 생을 받아들여야 한다

몸무게만큼 무거운 멍에를 지고
더듬이로 잦아드는 말들과
휘몰아치는 소음들을 돌돌 말아

느린 생을 돌돌 말아
그는 귀의 집으로 들어간다

박이훈 _ 경남 밀양 출생. 2010년 시집 《수신두절》로 활동 시작. 2012년 《시와소금》 등단

박
일
만

귀울음

누군가 울고 있다
밤낮없이 외치며

배가 고프다고도 하고
외롭다고도 하고
보고 싶다고도 한다

어둡고 막막했던 시절부터
무료로 세 들어 살며
나를 온통 지배한다

잠도 없이 매양 울어 대는 그이

어딘가 모르게 허술한 생을 붙들고
수십 년째 출구를 찾아 소리치고 있다

노동은 위대하다는 정부의 구호에 따라
노동밖에 길이 보이지 않던 시절부터
기계소리와 함께 내 머리 속에 들어 온
그가
울고 있다

귀속에서 내 유년이
서러워하고 있다

박일만 _ 전북 장수 출생. 2005년 《현대시》 등단. 시집으로 〈사람의 무늬〉 〈뿌리도 가끔 날고 싶다〉 등이 있음.

가는귀

박
정
원

　그 소리가 그 소리이니까 그 소리에 그친다는 말은 잘못된 말

　소리의 골짝에도 우두머리가 있고 넥타이를 맨 비서가 있어
허튼 소리 하나 마을회관에서 빠져나가는 법이 없지

　꼬리에 꼬리를 문 안개처럼 그 골짝에만 그 소리가 살진
않아, 귀엣말이 곧 동네사람이라는 걸 그들만 모른다지

　둥구나무 그늘에 세운 소리들이 새로운 우두머리를
추대하네
　여왕벌소리가 귓속에서 한동안 윙윙 대네

　이석증이라 했는가
　한쪽에만 치우치면 그 누구라도 쓰러지는 병이라지
　귓속 작은 돌멩이가 중심을 잡아주듯 소리 없는 소리가
골짝어귀를 평정하네
　실은
　그 소리를 듣는 귀야말로 그들의 우두머리라네

박정원 _ 1998년 《시문학》으로 등단. 시집으로 〈고드름〉 〈뼈 없는 뼈〉 〈꽃불〉 등이 있음.

소금시

박
지
우

소리에 갇히다

　소리를 접고 있어 사라진 빛의 소리, 나뭇잎의 숨소리, 접혀진 시간의 소리, 심장에 빠진 소리를 뱉어내고 싶어 렉 걸린 하루 로그인을 기다리는 눈빛들의 소리는 늘어만 가고 개 짖는 소리, 가난한 소리, 바람의 벽이 흔들려 문득 그의 (지구 반대편의) 안부가 궁금해지는 아침 하늘에 이름을 던지면 한 뭉치 그리움의 소리가 떠다녀 생각은 생각의 소리를 접고 거울 속 소리가 커져 불안이 파먹는 소리, 떠나는 소리, 너 없는 공허 속 붉은 소리, 소리들,

　지금 내 몸의 귀를 접고 있어

박지우 _ 충북 옥천 출생 2014년 《시사사》 등단. 시집으로 〈롤리팝〉이 있음.

삐딱한 귀

박
해
림

오래 전 사람인형을 만든 사형수가 있었다
목각으로 만든 것도 아니고
점토로 만든 것도 아니었다
흙으로 빚은 것은 더욱 아니었다

반듯한 이마, 활짝 편 어깨며
귀가 삐딱하니 늘어진 것까지
어디선가 본 듯했는데

창살 뚫고 내려온 햇빛은 손때 묻은 사람인형에 반짝
반짝 윤을 내었는데,

사형이 집행되고 한참 후,
사람인형은 세상 밖으로 나왔다
작은 종이도 함께 따라 나왔다
그 속엔 이렇게 쓰여 있었다

사랑하는 아가,
한 알 두 알 밥알을 떼어서 네게 줄 인형을 만들었구나
밤 한 알에 네 웃음소리 한 번 듣고
밥 두 알에 네 웃음소리 두 번 듣고
…아빠는 늘 행복했다

박해림 _ 부산 출생. 1996년《시와시학》시 등단. 1999년《월간문학》동시 등단. 2001년 서울신문,
부산일보 신춘문예 시조 당선. 시집 〈그대, 빈집이었으면 좋겠네〉 〈바닥경전〉외, 동시집 〈간지럼 타는
배〉, 시조집 〈미간〉 〈저물 무렵의 詩〉 〈못의 시학〉 등이 있음.

반
경

귀르가즘
─ 별이 빛나는 밤에*

귀는 혀의 습격을 피하지 못 한다
도도하게 튕기듯 당기는 혓바닥에 말려들어가
벌겋게 익은 귀뿌리를 파고들었을 연음延音에 말랑거리다
지퍼 연 비밀을 뭉텅 받아먹는다

입김, 콧김을 보태 날름거리던 혀에 허겁지겁 몰리던
내 두 귀가
미열을 앓는 사이

속을 태우던
고흐가 왼쪽 귀를 자르고

수상한 별들은 밤하늘을 노랗게 자르고

*반 고흐의 대표작

반경(본명 김경미) _ 2014년 《시와소금》 시 등단. 2012년 《월간문학》 시조 등단. 시조집으로 《주말 오후 세 시》가 있음.

죽은 새를 대하는 네 가지 방식

배세복

 푸른 하늘 훤히 보이는 방음벽 아래 작은 새가 죽어있다. 오빠 이것 좀 봐! 딸아이가 외친다. 아들이 재빨리 다가가 주저 없이 새를 들어올린다. 야 임마, 그건 왜 만져! 소리를 지르자 살그머니 내려놓는다. 불쌍하잖아요! 돌아오는 내내 둘은 멧새처럼 조잘거린다. 오빠 저 새는 어떻게 돼? 큰아이가 대답한다. 썩어 없어지게 될 거야! 우리가 묻어주면 될 텐데? 안 돼, 아빠한테 혼나! 집에 도착해 작은아이가 다시 재잘댄다. 우리가 무얼 본 줄 알아, 엄마? 새는 죽으면 천국으로 가는 거 맞지? 저녁을 준비하다 말고 아내가 전화한다. 구청이죠? 예, 거기 말이에요, 방음벽 교체해야 되는 거 아닌가요? 뭘 그런 걸 항의를 해! 저녁을 먹고 나서 불현듯 죽은 새가 내 귀에 지저귀었다. 그러니까 너 말야, 천국도 잃고 연민도 키우지 않고 전화도 못하는 방음벽 같은 너! 새는 나에게 와서 모두 죽었다.

배세복 _ 2014년 광주일보 신춘문예 시 등단.

백
민
주

초승달이 들으면

쉿!
조용히 해.

저 하늘에
초승달

한쪽 귀를 쏙 내놓고
엿듣고 있지?

저 귀로 듣고 나서
보름만 지나면

동그란 입으로
온 세상에 소문을 낼 거야.

초승달이 들으면
온 세상이 다 듣는 거야.

백민주 _ 2015년 《시와소금》 동시 등단. 동시집으로 〈달 도둑놈〉이 있음. 2015년 글벗문학상. 2016년 한국 안데르센상 수상. 현 구미여자고등학교 국어교사.

이명耳鳴

백
성
일

이상한 놈이 잠든 사이
머릿속에 느티나무 한 그루 심어 놓았다
아무리 뽑아버리려 해도 안 된다
어느 날 나도 모르게
수많은 매미들이 귓구멍으로 들어와
느티나무에 앉아 울기 시작한다
주객이 전도되었다
상대의 존재는 안중에도 없다
가만히 들어보면 기호학 같은 슬픈 사연과
아픈 상처가 소리되어 토해낸다
나도 따라 슬프고 우울하고 점점 미쳐간다
슬피 울면서 다가와
그냥 정 붙이며 같이 살자한다
억장이 무너진다 안방도 빼앗기고
아무리 생각해도 누가 머릿속의
느티나무만 뽑아주면 되는데……

백성일 _ 2017년 《심상》 신인상으로 등단.

백
우
선

귀때

귀는 또한
귀때이리
들은 것 들린 것
생각한 것들의
귀때이리
흘리라 따르라
몸을 옆으로
숙이거나 자면서
머리를 비우라는
귀는 또한
귀때이리

백우선 _ 1981년 《현대시학》으로 등단. 시집으로 《탄금》 외 다수가 있음.

난청의 여름

여름 한철 울다 가는 절명의 시라지만

매미소리 할퀴고 간 상흔은 이미 깊다

아무리 달아나 봐도 귓속 길은 천리만리

백이운

백이운 _ 1977년 《시문학》 추천완료 등단. 시조집 〈슬픔의 한복판〉 〈왕십리〉 〈그리운 히말라야〉 〈꽃들은 하고있네〉 〈무명차를 마시다〉 〈어찌됐든 파라다이스〉가 있음. 한국시조작품상, 이호우시조문학상, 유심작품상 수상.

소금시

백
혜
자

푸른 귀

앞마당에
해묵은 목련나무
홀로 날아온 새가 슬피 울자
가지마다 펄럭 펄럭
온몸으로 끄덕 끄덕이며 들어주고
무거운 슬픔 지고 가던 먹구름이
소리치며 울음 쏟아내자
귀마다 눈물 난다
땅속에서 솟아난 환희에
종일 목 놓아 우는 매미를 품속에 앉고
같이 울어주는 한 여름

답답한 날에는 네게로 가
유행가 흥얼대다 다시 싱그러워지는

오! 나무는
온갖 소리 묵묵히 듣고
안식을 내어주는 지구의 귀

백혜자 _ 강원 양구 출생. 1996년 《문학세계》 등단. 시집으로 〈초록빛해탈〉 〈나는 이 순간에 내가
좋다〉 〈저렇게 간드러지게〉 등이 있음.

가을 잎사귀

복효근

귀, 잎사귀라 했거니
봄 새벽부터 가을 늦은 저녁까지를
선 채로 귀를 열고 들어왔나니
비바람에 귀싸대기 얻어터져가며 세상의 소리소문
다 들어왔나니 그리하여 저 귀는
바야흐로 제 몸을 심지 삼아 불 밝힌 관음觀音의 귀는 아닐까
이 가을날 물드는 나무 아래 서면
발자국소리 하나 관절 꺾는 소리 하나도 조신하여라
하나도 둘도 몇 십도 몇 백도 아닌
저 수천수만의 귀들이 경청하는 이 지상의 한때
그러니 가을 나무 아래서는
아직도 상기 핏빛으로 남은 그리움이랑
발설하지도 못한 채 깊이 묻은 억울한 옛사랑이랑
죄다 일러 바쳐도 좋겠다
이윽고 다 듣고는 한잎한잎 제 귀를 내려놓는 나무 아래서
끝끝내 말하지 못한 심중의 한 마디*까지 다 들켜놓고는
이제 나도
말로써 하는 지상의 언어를 다 여의고
묵묵하게 또 한 세상 기다리는 나무로 돌아가도 좋겠다

* 소월의 「초혼」에서

복효근 _ 1991년 《시와시학》으로 등단. 시집으로 〈마늘촛불〉〈따뜻한 외면〉〈꽃 아닌 것 없다〉 외
다수. 편운문학상, 시와시학 젊은 시인상, 신석정 문학상 등 수상.

시와소금 시인선·038

소금시 혀

시와소금 엮음

신국판/ 264면/ 20,000원

혀를 테마로 쓴, 주옥같은 소금시 220편!

※ 올해 소금시집은 현역 최고령인 황금찬 시인의 '꽃의 말'을 시작으로 임동윤 시와
소금 발행인의 '마음그늘', 이영춘 박민수 서범석 윤용선 유자효 나태주 허형만 이사라
최명철 시인을 비롯한 전국의 시인 220명이 '혀'를 주제로 집필한 작품들이 실려있다.
시집은 시인들의 작품을 등단 시기별로 구분해 순차적으로 실었으며 많은 시인이 말과
상처, 맛과 사랑, 부드러움과 관능적인 다각도의 '혀'의 역할을 문장에 담았다. 혀를
잘못 사용하면 상처가 된다는 것도 단단히 보여줬다.

ㅡ 『강원일보』(2015.10.30.)에서

※ 말과 맛을 관장하는 '혀'가 '시'가 됐다. 계간 시전문지 시와소금(발행인 임동윤)이
혀를 테마로 쓴 작품 240편을 한권으로 엮어 '소금사-혀'를 펴냈다. 2013년에는
'소금'을, 2014년에는 '술'을 테마로 시집을 엮었으며 올해는 '혀'를 주제로 시인 220
명이 참여했다.

ㅡ 『강원도민일보』(2015.10.31.)에서

 · 발행처: 강원도 춘천시 충혼길 20번길 4, 시와소금사 (우, 24436)
· 편집실: 서울시 송파구 백제고분로45길 15, 302호 (홍주빌딩) (우, 05622)
· Tel: (02)766-1195, (070)8659-1195   · E-mail: sisogum@hanmail.net

서범석 서정임 서정춘

성영희 손석호 송병숙

송 진 신미균 신원철

신진련 심동석 심상숙

마이너스 당나귀

서
범
석

일생을 허비한 한스러운 매미소리가, 운다
슬프게, 맑고 고운 풀벌레 소리가, 숨는다
몰래, 솔바람 계곡의 솔바람소리가, 부서진다
산산히, 덧없는 구름 그림자의 하품이, 꾸짖는다
단호하게

123층 빌딩 유리벽에 부딪힌 낡은 눈보라의 숨결이, 녹는다
단번에, 돈 세는 기계가 돈을 세는 소리가, 모인다
음흉하게, 날아가는 자동차의 비겁한 웃음소리가, 다소곳
하다
쥐 죽은 듯이, 대륙간탄도미사일이 내뿜는 불꽃소리가,
방황한다
어이없이

구중궁궐에 무료로 혼자 투숙한
마이너스 당나귀 임금님의 고요한 숨결이, 무척 고요하다
당당하게, 플러스 귀를 찾기 위하여 뭇사람들이
컴퓨터를 켜고 모두 계좌이체 중인 소리가, 뒤집힌다
은밀하게

서범석 _ 《시와의식》 신인문학상(평론, 1987), 《시와시학》 신인문학상(시, 1995)으로 등단. 시집으로
〈풍경화 다섯〉〈힙풀〉〈종이 없는 벽지〉〈하느님의 카메라〉 등이 있음. 비평집으로 〈문학과 사회 비평〉
〈한국현대문학의 지형도〉〈비평의 빈자리와 존재 현실〉 등이 있음.

서
정
임

귀 없는 나무

　기어이 우산을 펼쳐 들고 있던 나무 한 그루 쓰러지고 말
았다
　바닥에 나뒹굴고 있는 귀가 수많은 사람의 발길에 밟힌다

　누군가 먼 길 걸어오는 소리조차
　사분사분 옷깃 스치는 소리조차
　미세하게 귀를 기울여야 하는 귀
　그 본을 잃어버린 귀 없는 자는 치명致命이다

　끝내 그는 그의 우산 아래 모여든 사람들의 바람을 듣지
않았다
　쭉 뻗은 가지처럼 뻗쳐 나온 직언이 그의 귀 없는 귀를 뚫
고 지나갔다
　무성히 입만 내놓았던 우산 없는 우산을 펼쳐놓았던 홀 로
우뚝 선 완고한 고집

　쓰러진 나무의 최후에 대해 의견이 분분했다
　누구의 언어가 그에게 도끼날 같은 결정타를 날렸는가
　그를 형체도 없이 사라지게 했는가

　어느 사이 퇴색되어가고 있는 그의 흔적들,

한때 우리를 향해 귀 기울였던 마음인 듯
부러진 우산대처럼 한 조각 남아있는 둥치를 만져보는 손 안
한 방향으로 쏠려있는 나이테가 넓다

서정임 _ 전북 남원 출생 2006년 《문학․선》 등단. 시집 〈도너츠가 구워지는 오후〉가 있음.

서
정
춘

귀

하늘은 가끔씩 신의 음성에겐 듯 하얗게 귀를 기울이는
낮달을 두시었다

서정춘 _ 1941년 전남 순천 출생. 1968년 신아일보 신춘문예 등단. 시집 〈죽편〉 〈봄, 파르티잔〉 〈귀〉
등이 있음. 박용래문학상, 순천문학상 수상

물소리는 귀가 밝아

성영희

폭염 속으로 계곡이 몰려온다
밤 깊어 잠결로 들어온 물소리는
발끝에 첨벙거리는 구름을 데려왔고
오르막과 내리막이 한 물길로
합쳐지는 소리를 데려왔다
물의 본거지는 얼마나 고요한 곳이기에
쉬지 않고 쏟아지는 소리들을 흘러 보내나
머리맡을 지키던 별들도
새벽에야 이불을 말아 자리를 떴다

물의 순서가 뒤집힌 지난밤
어느 악몽에 떠내려 온 신발인지
다 헤진 구두 한 짝
계곡을 가로질러 돌멩이에 걸려 있다
먼 마을의 남자가
낯선 물길까지 찾아와 길을 놓쳤다는 이야기가
퉁퉁 불어 이름마저 놓친다

후두둑후두둑 새벽 비 듣는 소리
물소리는 귀가 밝아 청력으로 범람한다
어떤 소리가 저렇게 무성해져서

저희들끼리 입을 만드는가,

흐르는 물에 발을 넣어 보면 여름이 차다
문득 잠에서 깨면
조금씩 새어 든 물이 요의를 일으킨다

성영희 _ 충남 태안 출생. 경인일보 대전일보 신춘문예 등단. 농어촌문학상, 동서문학상 수상.

귀

소금시

손
석
호

멀리서 걸어오는 그가 보였지만 들리지는 않았다
가까이 다가왔을 때 정작 눈을 감았다
감을 수 있는 귀 꺼풀은 없었다
스쳐 지나는 그가 들렸다

뒤돌아서서 멀어지는 그를 보았지만 들리지 않았다
들리지 않아 쉽게 잊을 수 있었다
귀가 얼굴 앞면에 있지 않아 다행이었다

스칠 때 들었던 그가 가끔 들려
누군가가 스쳐 지날 때 귓바퀴를 바짝 세웠다.
누군가가 스쳐 지나지 않아도 귓바퀴를 접지 않았다
내 속의 나를 들으려 안간힘을 썼지만 귓바퀴만 딱딱하게
둥그러졌다
아무도 모르게 귓구멍이 얕아져 있었다

당신이 다니는 소리의 길은 측면이었다

손석호 _ 경북 영주 출생. 2016년 《주변인과문학》 신인상 등단. 공단문학상 최우수상 수상.

송
병
숙

귀의 염전

   귀의 첫 삽은 소금 방정식
   바닷물이 뱉어 놓은 소금의 질량과 해를 풀 말의 사리를 찾아
   오체투지하는 귀들이 염전에 엎드려 있다
   먼 고대 육지에 갇힌 바닷물이 제 뼈를 발려 태양 아래 널어놓은
   소금의 결정은 말의 결정을 닮았다
   각진 소리들이 몸 부딪치는 내 안의 보리수
   고흐가 잘라버린 귀 한쪽이
   못다 읽은 경전의 한 페이지를 구겨 처마 밑에 건다
   바람이 입을 벌리고 한 술씩 떠먹이는 말씀이
   하루치의 염장炎瘴을 다 쓸고도 남겠다
   외이도를 뛰쳐나오는 말발굽이 수 만 평 염전을 달려
   톱니 가위로 해안선을 가른다
   무릎을 꿇고 참회하는 나의 게송은 부걱거리는 소금의 얼개
   가두되 갇히지 않는, 해解도 결結도 함께 피어나는 귀의 염전에서
   늙은 염부가 노을을 밟으며 수차를 돌린다
   한 계단 한 계단 퍼 올린 말의 정수리가 순백으로 빛난다
   햇빛과 바람과 시간을 태워 소금꽃으로 피어나는 바다의

모퉁이들이
　　예기불안의 기울기를 귀 밖으로 밀어 내는
　　염전에선 소금이 경전이다

송병숙 _ 춘천 서면 출생. 강원대 및 동대학원 국어교육 전공. 1982년 《현대문학》 초회 추천부터 문학 활동. 시집으로 〈문턱〉이 있음. 원통중고등학교 교장 역임. 한국시인협회 회원. 강원여성문학인회 회장. A4, 설악시동인.

소금시

송

진

귀

― 입추

매미 소리가 서쪽하늘 한 시 방향에서 동쪽하늘 세 시
방향으로 옮겨갔다

서걱서걱 풀 베어 먹는 벌레들의 모습이 생생生生하게
보였다

풀의 향기가 온 몸으로 스며들었다

송진 _ 1999년 《다층》 신인상 등단. 시집으로 〈지옥에 다녀오다〉〈나만 몰랐나봐〉〈시체 분류법〉이 있음.

섬노루귀

신
미
균

달빛이 섬노루귀의
귓바퀴를 잡아 당기자
귀가 팔랑팔랑 날아다닌다

혹시나 혹시나
어느 날 갑자기 사라진
홀아비바람꽃이
남기고 간 말은 없는지

귀가 날아다니며
어둠을 조금씩 조금씩 퍼 올리자
달빛이 훌쩍인다

아픈데, 걱정할까봐
아프다는 말도 못하고 떠나버린
그의 사연을
차마 말할 수 없어

신미균 _ 1996년 월간 《현대시》 등단. 시집으로 〈맨홀과 토마토케첩〉 〈웃는 나무〉 〈웃기는 짬뽕〉이 있음.

소금시

귀

신
원
철

귀밑에 흰 털이 성성해지면서
용기도 치기도 맹렬하던 주장도 삭아들고
이순,
그저 남의 말 듣고
빙긋이 웃기만 하다가

조금 기울이면
젊은 눈의 불안한 꼬르륵 소리

신원철 _ 1957년 상주 출생. 2003년 《미네르바》 등단. 시집으로 〈닥터 존슨〉 〈노천탁자의 기억〉 〈나무의 손끝〉이 있음. 현재 강원대학교 영어과 교수.

귓밥

신
진
련

귀의 밥은 소리들이다
구부러진 골 바닥에 쌓인 찬밥 덩어리처럼
뭉친 소리가 귓구멍에 식어있다
숱한 밥들이 흘러 다니는 자갈치에서
귓밥을 줍는 일에 익숙해진 나는
아지매들이 입으로 굴리던 풍문이
머무른 습한 바닥, 휘어진 안쪽에다
거친 소리를 거르는 문을 달았다
귓속에서 부러진 신음이
부스럭 달라붙었다 떨어진다
허기를 달래듯 귓밥을 꺼내면
얇게 섞인 소리들로 헛배가 불러오고
나의 하루는 누군가의 귀에서
먹을 수 없는 밥이 되어 머무르고 있는 건 아닌지
몸을 뉘이면 비린 소리가 귀를 두드린다

신진련 _ 2017년 《시와소금》 등단. 제9회 해양문학상 수상

심
동
석

귀 울림

이 세상
어디서 오는 소리인가
누가 문을 두드리고 있다

귓바퀴를 자꾸
문지르고 닦아도
귀에 가득 출렁이는 매미 소리

동갑내기 한 사람
다 열지 못 한 귀를 닫고
바람보다 투명한 알몸으로
손을 흔들고 있구나

이 가을 저녁

꼬리긴 별똥별을 타고
별빛 출렁이는
우주의 문을 두드리고 있구나

심동석 _ 2013년 《문학시대》 등단. 강원문협 이사. 삼척문협 이사. 삼척두타문학 회원.

귀

심 상 숙

집에 들어서니 그녀가 방문 판매원에게 주방세제 열병을
사 두었다
밤새 막힌 몸을 뒤척이더니
이불귀에 꿰매둔 비상금을 다 내어주고,
뚫린다는 후드 속에 들어있다

바늘귀를 꿰다가 집어든 그녀의 뜨거운 인두가 전반위에
서 겉놀았다
마을 어귀에서 반지를 물에 담가 액 막이를 한다기에
가는귀먹은 그녀가 빌려다 준 다이아반지,
밝은 대낮 속으로 진동도 없이 사라진 날이 있다

그녀의 두둥실 달빛 우러나는 강어귀에는 오래잠긴 다이
아반지가 빛난다
남의 말에 귀 기울이던 그녀의 솔깃한 강줄기가 맑다
텅 빈 마당귀에는 귀때기에 피도 마르지 않은 잠언들이
살고
초저녁 준마馬의 갈기가 귀 바퀴를 후려친다

내 상한 귀를 활짝 열어
바람을 이슬을 물결을 몸 열고 몰아들여

내안에 다이아햇귀를 밝히고 싶은 심사는 무엇인가?

몸의 끝자락을 늘이고 늘여 슬픔을 다할 때 슬며시 닿아 보는 골목길이 옹색하다

지나가던 바람이 이슬이 물결이 내안으로 물꼬를 트고 오래 졸졸거려 오는 소리,

묻지 않아도
일곱 번씩 일흔 번이라도 이불귀를 열어 보일
격적한 그녀의 골목토담에 등을 내걸었다
저 먼 곳, 토옥에 누워 숨결 가다듬는 외딴 이,
눈 덮인 타이 산 준령을 오르는 바람의 구령소리에 등이 흔들린다

하늘의 한쪽날개가 그녀의 이불귀를 만지작거린다

심상숙 _ 2014년 《시와소금》 신인상으로 등단. 서울시 초등교원 퇴임.

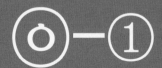

슬픔이 까마귀에게

— 빈센트 반 고흐

양승준

우리말 '슬픔' 이
영어 'sorrow' 보다 더 슬픈 것은
'슬픔' 의 어원이
'슳다' 이기 때문만은 아니다
「Sorrow」*는 차라리
에드바르 뭉크적的이다

이따금 까마귀들이
바람 부는 밀밭을 건너
고흐를 찾아온다
그는 아직도
잃어버린 귀를 찾지 못하고 있다

* 「Sorrow」 : 고흐가 29세이던 1882년 4월, 네덜란드 헤이그에서 그린 그의 최초의 작품.

양승준 _ 1992년 《시와시학》 및 1998년 《열린시조》 등단. 시집으로 〈뭉게구름에 관한 보고서〉 〈슬픔을 다스리다〉, 〈위스키를 마시고 저녁산책을 나가다〉 〈적묵의 무늬〉 등. 현재 원주문인협회장.

풍경에 귀대다

양
영
숙

어둠으로 타는 연꽃
타닥타닥 연못이 여름을 듣고 있다

꽃과 말
기억이 젖은 꽃송이
너의 소리를 닮고 싶어

바람이 바르르, 문장 속에서 너를 끄집어낸다
수어가 10센티 앞에 있는 목소리를 향해 달린다
먼저 달린 '그런데' 안으로 뒤늦게 당도한 '그러나'가
들어선다

귀를 찾아 내려가는 물소리길, 혀가 꿈틀거리고 침묵이
미끄러지고 옛날 영화 속으로 들어가면 너는
밤이면 장승처럼 자라다가
아침이면 강물을 맴도는 동물 울음소리 같은 뒤늦은
장마다

비가 오면 연잎에 모이는 말들
한, 대궁
한, 꽃잎

소리가 풍경에 들면

지상에 슬몃,
서로를 부르는 손짓
물줄기가 아침새 음역으로 지저귄다

양영숙 _ 2013년 《시와소금》 상반기 신인상으로 등단.

연
제
철

봄날, 뻐꾸기 소리 그립다

여보, 나 왔어요
누가 왔다고?

1986년 어느 날
고대산 벙커에서
105미리 포탄 세례
쿵쾅, 쨍하는 소리에
한쪽 귀가 멀었다

이후,

친구들과 이야기는
입모양으로 하고
아내와 이야기는
눈으로 한다

봄날, 뻐꾸기 소리가 그립다

연제철 _ 2014년 《한맥문학》 수필 등단. 2015년 《청계문학》 시 등단. 공작문예대전 슬기상. 춘천문예대학 우수상, 강원예총공로상 수상. 현 강원수필문학회 사무차장, 춘주수필 이사, 홍천문협 회원.

귀를 열다

댓가지가 한쪽으로 휘인다
휘어들며,
그 안쪽에 텅 빈 둘레를 만든다
내부에 둥그렇게 팬
징소리의 구덩이

진창에 떨어진 채 반나마 묻혀 있는
새 발가락 모양을 오려서 붙인 듯
흉하게 구겨진 것이 탈피 덜된 껍질 같다

등 굽은 사람이 귀 모양을 하고 섰다
덧 대인 상처 위에 울림판이 두툼하다
환청의 벽을 긁어대는
미증유의 소식들

염 창 권

염창권 _ 동아일보(1990, 시조)와 서울신문(1996, 시) 신춘문예로 등단. 시집 〈그리움이 때로 힘이 된다면〉 〈일상들〉과 시조집 〈햇살의 길〉 〈숨〉 〈호두껍질 속의 별〉이 있음. 한국시조시인협회상, 중앙시조대상 수상.

오
세
영

귓밥

내가 잠든 사이 아내는 몰래
나의 귓밥을 판다.
어둡고 좁은 갱의 막장에서
한 알의 보석을 캐듯
비밀을 캐는 그녀의 손.
무엇이 궁금했을까.
나의 조루는
불면 탓인데,
나의 불면은 폭음 탓인데,
나의 폭음에는 원인이 없는데,
아내여,
더 이상 귓밥을 파지 말아다오.
내 보석은 이미
네가 낀 손가락의 반지에서 빛나고 있다.
귀를 막고 사는
어두운 시대의 시인,
귓밥이 없다.

오세영 _ 1965~68년 《현대문학》 추천 등단. 시집으로 〈바람의 아들들〉 〈별밭의 도소리〉 등 다수.

이순耳順

어디서 울음이 타고 있군
냄새가 들려

귀가 순해지고 있는 것 같아

유
기
택

유기택 _ 1958년 강원 인제에서 태어나 3살 이후 춘천에서 삶. 2012년 시집 〈둥근 집〉으로 데뷔.
시집으로 〈둥근 집〉 〈긴 시〉 〈참 먼 말〉이 있음. 춘천의 〈시문 동인〉으로 활동 중.

유
자
효

아기의 귀

아기는 자면서도 예쁜 얘길 듣나보다
방긋방긋 웃는 걸 보면

아기는 자면서도 슬픈 얘길 듣나보다
갑자기 소리쳐 우는 걸 보면

유자효 _ 1968년 신아일보(시), 불교신문(시조)으로 작품 활동 시작. 신작 시집 〈꼭〉, 동시화집 〈스마트 아기〉 등 출간. 정지용문학상 등 수상. 구상선생기념사업회장.

가을 은유

I
달빛이나 담아 둘까 새로 바른 한지 창에
누구의 그림에서 빠져나온 행렬인가
기러기 머언 그림자 무단으로 날아들고

II
따라 놓은 찻잔 위에 손님같이 담긴 구름
펴든 책장 사이로 마른 열매 떨어지는
조용한 세상의 한때, 이 가을의 은유여

III
개미취 피고 지는 절로 굽은 길을 가다
밑동 굵은 나무 아래 멈추어 기대서면
지는 잎, 쌓이는 소리 작은 귀가 간지럽다

유
재
영

유재영 _ 충남 천안 출생. 1973년 시 박목월, 시조 이태극 추천으로 문단에 나옴. 시집으로 〈한 방울의 피〉 〈지상의 중심이 되어〉 〈고욤꽃 떨어지는 소리〉 〈와온의 저녁〉과 시조집으로 〈햇빛시간〉 〈절반의 고요〉 〈느티나무 비명碑銘〉과 4인집으로 〈네 사람의 얼굴〉 〈네 사람의 노래〉 등이 있음.

소금시

아픈 무지여, 무지여

윤
용
선

　옛말에
　'여러 입은 쇠도 녹인다 하니 어찌 여러 입을 두려워 아니
하랴 ! '
　입 안의 침이 다 마르도록
　그리 이르고, 또 일렀거늘
　마른 흙을 씹어 삼키며 가야하는
　마지막 수난의 세월이라면 혹 모를까
　이리 밝은 세상의 훤한 길 괜히 가로 막고서
　손바닥으로 하늘을 가리고 있는
　저 깜깜한 무지여, 무지여
　미쳐서 어디 꽂히면 무엇 하나 보이는 게 없는지
　혼자 투명한 유리벽에 갇혀서
　세상 들끓는 온갖 소리에
　한쪽으로는 얇은 귀가 정말 가렵지도 않았나
　이 끔찍한 무지여, 무지여
　아, 진작에 지난 세월의 눈물이라도
　한 자락 꼭꼭 부여잡고,
　아침이면 아침마다 거울 속 이쁜 얼굴 바라듯
　그리 삼가고, 삼갔더라면

*' '안은 삼국유사의 수로부인조에서

윤용선 _ 1973년 강원일보와 《심상》 등단. 시집으로 〈가을 박물관에 갇히다〉 〈꼭 한 번은 겨자씨를
만나야 할 것 같다〉 〈사람이 그리울 때가 있다〉 등이 있음. 현재 문화커뮤니티 〈금토〉 이사장, 시와소금
편집자문위원으로 있음.

뜻밖의 소리

이
강
하

책의 귀가 가렵다
식물도감에 꽂아둔 포스트잇도 자꾸 귀를 쫑긋거린다
도서관 밖 급변하는 문명이 못마땅하다는 것인지
지구의 온난화가 슬픈 것인지
내 귀에서 자꾸 나뭇잎 지는 소리가 난다

올해의 내 가을은
이비인후과에 출근하지 않기
뜻밖의 소리에 강해지기
달콤한 서열에 점점 멀어지기, 그리고
내 그리운 지리산, 서쪽 하늘
무성무취無聲無臭인 별 하나로 살고 싶다

이강하 _ 2010년 《시와세계》 등단. 시집으로 《화몽(花夢)》 《붉은 첼로》가 있음.

소금시

이
기
철

내 귀는 악기다

바람이 물든 가로수를 어루만진다
가로수는 그게 고마워
가장 아름다운 이파리 하나씩을 떼어 바람에게 준다
이름표를 떼어 뉘에게 주듯이

내 귀는 떨어지는 이파리 소리를 담는 그릇이다
잎 지는 소리를 들으려고 내 귀는 열려있다
열려있는 동안 내 귀는 악기다

이기철 _ 1972년 《현대문학》 등단. 시집으로 《청산행》 《흰 꽃 만지는 시간》 등 다수.

모루

이
담
하

부처의 귀도 처음에는 가늘고 좁았다

몇 십 년 불을 받아서 넓게 퍼지고 소리의 염원이 들락거
려서 축 늘어진 모루, 꼭 부처의 귀를 닮았다

부엌칼에서 농기구까지 두드려서 만드는 소리의 합, 물렁
한 쇠가 식어가며 땅땅 거리는 풍경이라면 귀를 때리는 것
은 불경스럽지만 가장 단단한 망치질 밑에 맡겨 놓은 부처의
귀를 때리며 평생을 먹고 살았다

순간 불꽃이 들락날락한 귀는 소리 대장간, 두드리거나
벼리는 소리의 무덤으로 대장간에 뜬 반달칼도 저 모루에 서
떴다

밖으로 내달리고 싶어 하는 편자를 잠시 붙들고 다독이
는 곳 이리 뛰고 저리 뛰는 말의 울음소리는 아이들을 매혹
하는 불꽃구경이다

소리의 경로를 추적하거나 소리의 좌표를 표시하지 않는
모루, 아무렇지 않게 귀를 늘이는 모루야 말로 진신사리
이며 세상에 모든 대장간은 적멸보궁이다

이담하 _ 2011년 《시사사》 등단. 2016년 한라일보 신춘문예 당선.

이
돈
배

경청敬聽

조심스러운 지팡이 시각장애인
한 마당 길 건너고 있었다
점자등點字燈 영상 사라지는 조종사
곡선 그리는, 검은 연기
흐린 시야 비틀거리는 사람들
피어오르다 만 덩굴손 시들고 있었다
황백색 아스팔트 잎마름 반점
가로수 잎에 안긴 미세먼지
흔적으로, 짧은 빗방울 훔치고 있었다
구급차 경적으로 멈춤 휘저으며
폭발하는 굉음, 도망치듯 사라져갔다
깊은 협곡 무너진 교각
건너는 출렁다리 깊은 나락으로
추락하는 비행飛行, 솟아오르고 있었다
어둠 찾아 피어오르는 풀꽃
하루네 졸음 깜박이는 점멸등
조급한 사람들 더 기다리고 있었다

이돈배 _ 2010년 《문예시대》(시), 《문학미디어》 평론등단. 시집으로 〈황새의 눈〉〈궁수가 쏘아내린 소금화살〉〈카오스의 나침반〉 등.

말씀의 문

소금시

이
병
곡

말씀을 기다리다 지치면
혹시 내 귀가 붙어 있는지
가끔 흥흥거리며 의심을 한다
세상의 문이자 통로인 귀를 통해
말씀이 가슴에 와 닿아야 하지만
가슴은 지금까지 말씀을 본 적이 없다고 한다
소리와 말씀을 잘 구별하지 못하는 내 귀보다
땅이나 풀이나 벌레 심지어 바람의 귀가
더 예민하고 크고 정직하다
알아들었다는 것은 행하는 것이거늘
그들은 말씀대로 세상을 아름답게 가꾸어 왔고
사람이 부순 세상을 제자리로 돌려놓기까지 한다
내 귀가 막혔거나 듣지 못하고 있더라도
말씀을 알아들을 때까지 죽지 않고 살아
단 한 번만이라도 가슴까지
말씀을 모셔 가고 싶다

이병곡 _ 2010년 《시평》으로 등단. 시집 〈풀의 눈물을 보았다〉가 있음. 시와소금 기획위원.
밀양문학회 회장.

이
사
라

이명耳鳴

물 흐르는 소리 들리는 집 한 채
내 귓속에 산다
돌 구르는 대로 마음 구르는 대로
나도 함께 산다

귀 속 멍멍한 채로
나는 시간을 다 쓴 사람 마냥
들을 수 없는 사람으로 그냥 산다

한 세상 보내도록
그래도 내가 사라지지 않으니

내 귀에서는 드디어
물에 젖은 귓속말이 풍성하다
슬플 일이 없을 것 같다

이사라 _ 1981년 《문학사상》 등단. 시집으로 〈시간이 지나간 시간〉 〈가족박물관〉 〈훗날 훗사람〉 등.

소금시

얇다

이
사
철

말을 신고 걸었다.

돌아설 수 없는 길이 있었다. 늪의 입구는 투명했으나 안으로 들수록 어둡고 눅눅한 습이 자라고 있었다. 습에는 먼저 온 다른 말들이 뿌리를 내리고 있었다.

습에서 흘린 바람이 늪으로 급히 지나가는 것도 보였다. 반대쪽도 같았다. 말은 가려운 말을 알아들을 수 없어 한쪽 어깨를 든 채 바라보고 있었다.

시간이 흐를수록 뿌리를 내린 말들이 점점 가려워져……

습은 달콤한 말들이 움직이는 쪽으로만 팔랑이다가 깊고 어둑한 곳으로 빨려들어 깊이를 알 수 없었다.

주는 대로 쉴 새 없이 받아먹어 헐겁거나 얇아진 습, 한쪽을 버리고 나서 달콤함이 절반으로 줄어드는 것을 알았다. 남은 절반마저 버리고 습이 닫혔다.

늪을 신고 습이 걸어 나갔다.
습을 신고 말이 걸어 나갔다.

먼저 온 다른 말들이 뿌리를 내리고 자라던 습에서 한쪽으로만 팔랑 거리던 얇은 저것,

말을 신은 귀가 걸어 나갔다.

이사철 _ 2015년 《시와소금》으로 작품 활동. 시집으로 〈어디꽃피고새우는날만있으랴〉 〈눈의 저쪽〉 〈멜랑코리사피엔스〉가 있음.

소금시

이
선
유

귀의 외출

두 눈을 가져간 신은
천 개의 귀를 달아주었다

세상을 귀로 읽는 그녀
더듬더듬 클래식 연주회에 자리를 잡는다
숨소리조차 고요하게
감은 눈을 한 번 더 지그시 감는다

베토벤의 운명 교향곡이 흐르자
온몸의 귀들이 알레그로로 살랑거린다
선율에 흠뻑 젖은 얼굴
환상 속으로 홀로 깊어 골똘해진다

운명의 문을 두드리며
어디만큼 초원을 흘러갔다 돌아오는 것인지
오래전 치마폭에 두고 온 눈동자를
찾고 있었던 것은 아닌지

제 안의 가장 깊은 곳을 내려가
단단한 적막에 심지를 돋워보는 것이다

이선유 _ 충남 청양 출생 2016년 《창작21》 봄호 등단.

이명耳鳴

오래 전부터 정신의 한 모서리
단단히 자리를 튼 매미 한 마리
사시사철 귀 속에서 울어대지

언제 집을 지었는지 알 수 없지만
태풍처럼 휘둘렸을 정신의 끝자락에 붙어
고달픈 노래를 불러주곤 하지
좀처럼 달라지지 않는 일상처럼
진부한 노래를 끝까지 들어 주고 있지

기약 없는 동거라지만
이명의 화음이 환청처럼 익숙하여
생이 이토록 단조로운 음에 편향된 줄 몰랐지
정신의 한가운데 방목 되여 울림판만 있고
날개를 잃어버린 가냘픈 매미,
언젠가 자유로이 날아가길 기대해 보지

이
성
웅

이성웅 _ 2006년 《울산문학》 신인문학상 수상으로 작품 활동. 시집으로 《엘 콘도르 파사》가 있음.
현재 한국표준협회 제조혁신센타 전문컨설턴트

곡소리

게으른 개망초 풀밭 옆
황토 이랑에서 감자가 자란다
해는 날마다 뜨고
감자 식구도 늘어가는 선선한 저녁
게으른 밭에 솟대가 선다
오가며 울타리 안으로
수 없는 친근감을 보내는 기분 좋은 산길
솟대 아래 감자 상자가 쌓인다
농사가 끝나도 평화로운 외딴 밭
숙덕숙덕 사람소리
술 마시는 소리 화투치는 소리
간간히 영혼을 빼가는 곡소리
불떡 불떡 물 끓는 소리
남자들이 모여 짐승 잡는 소리
영혼을 빼가는 소리. 곡소리

이숙희 _ 1986년 《한국여성시》 등단. 시집으로 《옥수수밭 옆집》이 있음. 2015년 울산작가상 수상.

소금시

자몽, 자몽

이
여
원

오늘은 몇날 며칠이 겹친 날일까
안경 속의 계단처럼
카멜레온의 뒤통수처럼
몽롱하다는 것은
어질 머리를 두껍게 앓는다는 것

귀찮은 방향들이
너무 많이 들어 있는 낮잠과도 같다는 것

두꺼운 껍질을 하고 있는 과일들의
무늬 들 중 몽롱하지 않은 것 없다
자몽 수박 오렌지
굴러간다 생각들이 어질어질한 자몽자몽이
노랑, 노랑거리며
빨강, 빨강 거리며 익어간다

자몽은 말했다
쓴맛과 어질어질한 맛의
비밀을 알 긴해?

밀물처럼 밀려드는 배고픔에
포만, 포만한 자몽이 아롱대는 저녁
겹치고 또 겹쳐진 욕구들과 껍질의 날들
알고 보니 귓속의 말들이야

이여원 _ 2012년 매일신문 신춘문예 등단.

이
영
수

금동미륵반가사유상

수 천 년을 반가*半跏한 자세로 앉아
귓불 길게 늘어뜨려 인간의 말을
귀담아 들어준 끈질긴 인내심이 죄가 되어
황금빛 옷이 녹아내린다
차마 입을 열 수 없어 속이 까맣게 탄다
검게 그을린 얼굴에는 자비인지 비애인지
알 듯 모를 듯한 미소가 있다

추위는 아직도 길다
나신으로 속세에 들어와 무엇을 구하는
묵언수행인가?
신에게 입을 맡기고 그는 없다
말로 지은 인간의 죄 경전 앞에 의식 치르고
미륵보살* 되어 도솔천*兜率天을 떠돌아도
황금빛으로 빛나겠다

* 반가 : 반 책상다리(반가부좌)
* 미륵보살 : 석가모니 사후 세상에 내려와 사람들을 구해준다고 믿는 미래부처.
* 도솔천 : 고대 인도불교의 세계관에서 천상의 욕계 중에 네 번째 하늘나라.

이영수 _ 2012년 《한국문인》 시 등단. 춘천문인협회 사무국장. 춘천낭송협회 회장.

이영춘 이원오 이은봉

이재무 이정록 이정오

이태수 이해원 이향숙

이화주 임동윤 임문혁

임승환 임양호 임영석

임지나

슬픈 귀

이
영
춘

내 귀는 늘 어둠 쪽으로 기울어져 있다
햇살은 솜털 같은 발을 적시고 가는데
귀가 기울어지는 쪽은 언제나 어둠의 안쪽

어둠의 바깥쪽에서는
어둠 안쪽의 소리를 들을 수 없다

어제는 조카의 딸 함효주*가 스물여덟에 갔다
피의 전율은 빛의 속도로 내게 건너와
잠 속에서도 눈 뜬 형광등처럼 흔들렸다

보리 이삭같이 사각대는 내 혈관의 슬픈 강,
나는 왜 늘 어둠 쪽으로만 심장 박동이 뛰고 있을까

* MBC 개그우먼

이영춘 _ 강원 봉평 출생 1976년 《월간문학》 등단. 시집으로 〈시시포스의 돌〉 〈슬픈 도시락〉 〈시간의 옆구리〉 〈봉평 장날〉 〈노자의 무덤을 가다〉 등이 있음. 고산문학대상, 인산문학상, 동곡문화예술상, 유심작품상 특별상 등 수상.

소금시

이
원
오

여우를 위한 변명

몸집이 크지 않은 것은
천성이 겸손하기 때문이다
늠름한 야생은 남다른 후각을 원하지만
이런 후각은 그 답지 않게 하는 것
사냥에서 필수인 밝은 눈을 굳이 원치 않고
생존에 최소한만 있으면 자족한다
늑대는 사람을 세 번 속이지만
여우는 값싸게 속이지 않는다
꼬리가 길다고 비난하는 것은 모함이다
꼬리는 더없는 균형감각을 키워 준다
누명을 쓰더라도 여우는 알려주고 싶었던 거다
귀를 쫑긋 세우라고
세상의 소문을 쓸어 담는 귀가 있다고
귀 하나 빌려 주고 여우는 박제되었다
음험한 전설에 귀가 가렵다
그의 쫑긋한 귀를 찾기 위해
여우 복원 프로젝트가 출범하였다

이원오 _ 2014년 《시와소금》 신인상 등단.

귀

이은봉

내 귀는 항상 열려 있다
스스로는 닫을 줄 모른다

눈처럼 감을 줄 모르는 귀
입처럼 닫을 줄 모르는 귀
코처럼 뻥 뚫려 있는 귀

내 귀는 늘 열려 있다
아무 말이나 다 듣는다

쉽게 순해지지 않는 귀
낮말이나 밤말이나 다 듣는 귀
온갖 귓속말까지 듣는 귀

한쪽 귀로 들어왔다가
한쪽 귀로 나가는 말

쫑긋거리지 않으며 살아야지
못 들은 체하며 살아야지
먼 하늘이나 들으며 살아야지.

이은봉 _ 충남 공주(현. 세종시) 출생. 1984년 《창작과비평》 신작시집 《마침내 시인이여》를 통해 등단. 시집으로 《내 몸에는 달이 살고 있다》 《길은 당나귀를 타고》 《책바위》 《첫눈 아침》 《걸레옷을 입은 구름》 《봄바람, 은여우》 등이 있음. 현. 광주대학교 문예창작과 교수.

이
재
무

귀

    귀는 주장하지 않는다 귀는 우리 몸의 가장 겸손한 기관 귀는 거절을 모른다 차별이 없다 분별이 없다 눈과 코와 입이 저마다 신체의 욕망과 감정을 경쟁하듯 내색하고 드러낼 때 귀는 몸 외곽 외따로 다소곳하게 서서 바깥의 소리만을 경청하며 운반하느라 여념이 없다 입구가 출구이고 출구가 입구인 눈 코 입과는 달리 입구의 운명만이 허용된 귀 오늘도 어제처럼 고저장단의 소리를 소리 없이 실어 나르고 있다

이재무 _ 충남 부여 출생. 1983년 《삶의문학》과 《실천문학》 그리고 《문학과사회》 등에 시를 발표하면서 등단. 시집 〈섣달 그믐〉 〈위대한 식사〉 〈푸른 고집〉 〈경쾌한 유랑〉 〈슬픔에게 무릎을 꿇다〉 등. 난고문학상, 편운문학상, 윤동주시상, 소월시문학상 등 수상.

나무의 귀

이
정
록

　나무 밑둥치에 매미껍질이 붙어 있다 생의 태반胎盤은
저렇듯 투명한 것이다 더는 날아오를 날개가 없으므로 닫힐
일도 없는 등짝, 울음소리를 날려 보내고야 매미 껍질은
나무의 귀가 되었다 하늘의 숨소리도 여기 나무의 귓바퀴에
와서 덩굴손을 한 번 더 말아 올린다 귀 하나가 전신인
매미껍질 안에 나무관세음이 있다 나이테 넓어지는 소리가
저 등짝과 내통하면 천둥이 된다 천둥번개는 어떻게
잦아드는가? 날개가 지나간 산도産道로 다시 하늘의 고성방
가를 잘게 부수어 들인다 그러니 운 좋으면 나무의 귀에서
운석을 꺼낼 수도 있다

이정록 _ 충남 홍성 출생. 1993년 동아일보 신춘문예 시 당선. 시집으로 〈눈에 넣어도 아프지 않은
것들의 목록〉〈아버지학교〉〈어머니학교〉〈정말〉〈의자〉 외 다수. 윤동주문학대상, 김달진문학상,
김수영문학상 수상.

이
정
오

귀

달빛이 모래밭에 내려와 눕더군
밤을 설쳐 뒤척이는 소리 들렸어
돌아보면 희미한 모래성 뿐 모두 그대로 였지
소리 없이 눈물이 흐르더군
눈물 나면 난 언제나 속으로 감추기만 했어
상대방 조롱으로 돌아올까 두려워
열어두었던 마음의 문 닫아걸곤 했지

나란히 바닷가에 앉아 있던 우리
귀 속에 모래알 가득
흰 소금 가득
서로 귀를 막은 채 일어나 천국을 걸었어
골목 끝까지 바람이 불던 날이었지
아, 섬 끝 낭떠러지까지 내몰렸을 때
그곳에서 해맑은 소리를 들었어
뚫리지 않아도 홀연히 들리는 소리
달빛 젖어 속삭이는 파도 소리

이정오 _ 2010년 계간 《문장》 신인상 등단. 시집으로 〈달에서 여자 냄새가 난다〉가 있음. 현재 고은문학연구소 사무국장.

귀를 막아도

이
태
수

솥과 냄비에도 귀가 있다. 벽에도 있다.
하지만 나는 애써 귀를 막는다.

낮의 말은 새가, 밤의 말은 쥐가
듣는다. 너무 들어 이젠 들으나 마나다.
산과 들판, 집들이 비틀거린다.

거친 바람이 부는 밤 이슥토록
생각은 자꾸만 뒤죽박죽 얽히고설킨다.
물바다, 흙탕물바다, 아우성바다……

아무리 막아도 귀가 먹먹하다.
산과 바다에도 귀가 있다. 하늘에도 있다.

이태수 _ 1974년 《현대문학》 등단. 시집으로 〈따뜻한 적막〉 〈침묵의 결〉 〈회화나무 그늘〉 〈내 마음의 풍란〉 〈그의 집은 둥글다〉 등 13권이 있음. 대구시문화상, 동서문학상, 한국가톨릭문학상, 천상병시문학상 등 수상.

소금시

달팽이에게 물주기

이
해
원

양수에서 태어난 기억이 물을 그리워한다

현기증을 파헤치니
귓속에 목마른 달팽이가 물을 찾고 있었다
소리는 먼지로 증발하고 청력도 메말랐다

인공눈물을 마신 축축한 눈
귀는 굶었다

첫 걸음부터 중심을 잡고 있었지만
나는 다른 곳으로 귀를 세우고
소리가 막히는 날은
면봉과 귀이개로 달팽이의 옆구리를 찔렀다

간호사가 달팽이에게 물을 먹인다
헬멧을 씌워놓고 귓속에 냉수와 온수를 번갈아 넣으며
야행성 걸음으로 가란다
빨간 불빛 따라 빙글빙글 눈으로 걷는 동안 달팽이가 실컷
물을 마신다
귓바퀴에 부딪혀 산산조각 난 말이 파문으로 밀려오고
증발한 소리들이 뿌리를 내린다
귓속을 빙빙 돌던 갈증이 지워지고

병원을 나서는 걸음이 직선이다

이해원 _ 2012년 세계일보 신춘문예 등단. 시집으로 〈일곱 명의 엄마〉가 있음.

소금시

목련정거장

이
향
숙

가지 끝에 하얗게
나무 아래
무수히 떨어진 귀
수북한 털북숭이의 그가
북극바람을 데리고 다니던 그가
열두 가지 얼굴을 가진
휘둥그런 눈동자의 그가
제 귀를 잘라
봄의 언어를 낳은 사막여우가
뽀얀 신발을 신고 떠나네
사그락사그락 모래바람을 거르네

이향숙 _ 2013년 《시와소금》 등단. 시집으로 〈빨간 악어를 만나러간다〉가 있음.

이
화
주

귀에는 왜 문이 없어?

엄마
귀에는 왜 문이 없어?

세상의 모든 말들이
작고 작은
말을 타고 달려오면
고대로 귓속으로 통과 통과 통과

그래야 화살처럼
생각을 데리고 나온단다.

이화주 _ 경기 가평 출생. 1982년 강원일보 신춘문예와 《아동문학평론》 동시 등단. 동시집 〈내 별 잘 있나요〉 〈해를 안고 오나봐〉 외 다수. 윤석중문학상 등 수상. 현재 시와소금 자문위원.

귀 찾기

임동윤

열고
또 열어도
잘 들을 수 없는
나의 귀

닫고
또 닫아도
너무 잘 들리는
나의 귀

내 집에 닿는 길은
여전히 멀다

임동윤 _ 1948년 경북 울진으로 중학교 때부터 춘천에서 삶. 1968년 강원일보 신춘문예로 등단. 1992년 문화일보 경인일보(시조)와 1996년 한국일보 신춘문예「안개의 도시」당선. 시집으로 〈연어의 말〉〈따뜻한 바깥〉〈편자의 시간〉〈사람이 그리운 날〉 등 11권.

귀

임문혁

건강 검진 – 청력 검사
'삐―' 소리 나는 쪽 손을 드세요
아무 소리도 들리지 않는다
아주 작은 소리예요 잘 들어 보세요
끝내 손을 들지 못했다

그 동안 사자 호통, 호랑이 외침만 듣고 살다가
토끼의 말, 다람쥐 하소연, 귀 막고 살다가 이렇게 되었
구나
바람 소리, 강물 소리, 달의 말, 별의 노래
들을 수 없게 되었구나

그 동안, 귀뚜리가 울지 않는 것이 아니라
당신이 침묵한 것이 아니라
내가 귀를 닫은 것이었구나

임문혁 _ 1983년 한국일보 신춘문예 등단. 시집으로 〈외딴 별에서〉 〈이 땅에 집 한 채〉 〈귀·눈·입·코〉 등.

귀

임
승
환

휘청거리는 전봇대가 술 탓이라고.
순도 백 프로의 정수를 마셨지
컵의 구석 어디에다 코를 처박고 끙끙대도
알코올분자를 찾을 수가 없었어.
직선이 없는 세상
긴 흔들거림
길의 문을 열었던 신호등의 전자파만
사라진 것이 아니군.
마중물을 넣고 길어 올렸던
펌프의 녹물,
수초 만에 냉수와 온수를 쏟아내는 저 정수기가
내 평형감각을 혼동시킨 것이라니
따뜻한 음성이 그리워
줄을 팽팽히 잡아줘. 줄 위를 걸어보게.

임승환 _ 2008년 《문학 · 선》 등단. 시집으로 《첨성대》 《노마드 사랑법》이 있음. 가곡집 《사랑의 노래》 《위하여》 출판. 가곡음반 《사랑하면》 《시인 윤동주》 발매. 윤동주 서시문학상 위원.

소금시

임
양
호

아픈 말

자꾸자꾸 앉아봐라

저물도록 문대봐라

허공에다 빨아 쓰는

말 빨래터에

임양호 _ 2016년 〈시와소금〉 신인상으로 등단.

소금시

나의 귀는*

나의 귀는 추운 곳에서만 살아서
따뜻한 말을 듣지 못합니다
언제나 추운 곳으로만 떠돌면서
라면 봉지처럼 썩지도 않고,
몇 백 년 후에나 출토될 플라스틱 바가지처럼
버려진 말을 듣고 살아갑니다

나의 귀는 사방四方으로 달려갈 수 있는 발을 가졌습니다
높은 곳이나 낮은 곳이나
3천 마리의 나비떼를 몰고
3천 마리의 나비떼를 몰고
말의 꽃을 찾아서
사방四方으로 달려갈 수 있는 발을 가졌습니다

나의 귀는 요즘, 하루 일당을 받고
일하며, 야간 고등학교에 다니는
어느 소녀의 숨소리를 다발로 묶어
눈물이 감도는 전시회를 열고 있습니다
저승의 운명까지
빈자리에 돌아와 눕는 전시회를 열고 있습니다

임
영
석

* 「나의 귀」는 1987년 발간된 시집 『이중 창문을 굳게 닫고』에 발표된 작품을 현제의
맞춤법으로 다시 고쳐 보냅니다.

임영석 _ 1985년 《현대시조》 등단. 시집 《받아쓰기》 외 5권, 시조집 《초승달을 보며》 외 1권, 시론집
《미래를 개척하는 시인》이 있음. 제1회 시조세계문학상 등 수상.

임
지
나

귀에게

귀는 거는 거야
반짝이는 귀걸이를 걸고
오빠는 문제를 풀다 연필을 걸어
생각하는 모습은 멋져
윗입술위에 연필을 끼워
코를 킁킁거릴 땐 귀엽고

나는 최대한 새침한 척
머리카락을 걸어
장미향 샴푸로 바꾼 걸 친구가 알았거든
향기롭다고 말했어

그 날 들은 친구 고민은
비밀로 걸어둘 거야

귀야
입이 알지 못하게 부탁해

임지나 _ 2015년 《시와소금》 동시 등단. 2017년 영주일보 신춘문예 시 당선. 동시집으로 《머그컵 엄마》가 있음.

참귀

소금시

장
상
관

굴참나무가 귀를 달았다
소리가 안식하는 곳
노루도 궁뎅이를 놓고 갔다

잎을 내고 열매를 키우던 때는
아무 소용없던 폐물이
사라지는 소리가 안타깝기 시작한다

칭찬을 경멸하는 경우는 없다만
귀가 거북할 때는 있다
눈빛이 소리를 죽이고 싶어 빛날 때

부대끼는 돌들도 물이 껴안으면 몽돌이 된다
소통은 서로 귀를 여는 행위
허울 좋은 소리는 언제나 진실을 앞질러 갔다

고목은 귀를 달아 밝아지고
사람은 점점 어두워져야 된다는 이치를
늙은 참나무 둥치에서 듣는다

장상관 _ 경남 창녕 출생. 2008년 《문학․선》 신인상으로 등단. 시집으로 〈결〉이 있음. 시산맥
시회, 문학선 작가회, 시에 문학회, 한국작가회의, 울산작가회의 회원. 영남시 동인. 변방 동인

귓방메

장
승
진

따갑다고 아우성이다
그 소리가 뜨겁다고
그런데 음악이 가을바람처럼 시원하단다
귀엣말로 속삭여다오
얼굴 양쪽에 있지만 이미 내 것 아닌 것
하늘의 소리를 어이하리요
가장 민감한 안테나를 보호하라

우연은 아직도 모르고 있는 필연이며 필연은 우연을 통해
실현되는 운명이라 할 수도 있을 것이다 그리고 보면 모든
인연은 다 운명이고 표현인 것이다*

무슨 말인지 모른다고
귀 잡아 당기지마라
귓방메 치지 마라 영혼이 운다
말귀를 못 알아듣는 사람은 바늘귀를 못 꿰는 사람과
같다

* 한창연(시인화가), 2015

장승진 _ 1990년 《심상》, 1991년 《시문학》 신인상 등단. 시집으로 《한계령 정상까지 난 바다를 끌고 갈 수 없다》가 있음. 현재 속초〈갈뫼〉 춘천〈A4〉 〈삼악시〉동인.

귀

소금시

장
옥
관

젖은 티슈 한 통 다 말아내도록
속수무책 가라앉는 몸을 번갈아 눌러대던 인턴들도
마침내 손들고
산소호흡기를 떼어내려는 순간,

스무 살 막내 동생이 제 누나 손잡고
속삭였다

"누나, 사랑해!"

사랑이라는 말,
메아리쳐 어디에 닿았던 것일까
식은 몸이 움찔,
믿기지 않아 한 번 더 속삭이니 계기판 파란 눈금이 불쑥
솟구친다

죽었는데,
시트를 끌어당겨 덮으려는데,
파란 눈금이 새파랗게 다시 치솟는 것이다

장옥관 _ 1987년 《세계의문학》으로 등단. 시집으로 〈황금 연못〉 〈달과 뱀과 짧은 이야기〉 〈그 겨울
나는 북벽에서 살았다〉 등이 있음.

전
기
철

귓속말

　손으로 감싼 말은 애리애리하고 날랑한 마시멜로, 악보
위를 뛰노는 귓방울들

　장님거미 한 마리 피아노 위를 걷는다

　우물우물 쑥덕쑥덕, 입귀의 머쓱한 발자국, 유령이 지나
간 듯 나무가 걷는 듯, 끌탕을 헤매는 벌레들, 시푸르둥둥
의뭉스럽게

　집채 만 한 고래가 귓바퀴에서 헤엄친다

　늙은 수학 선생의 얼굴에서 우, 두둑, 지저깨비들이 부서
진다
　말썽꾸러기 경희는 파스타를 잘 만들었지, 그녀의 레드
립은 치즈했지

　하늘 저편에서 별들이 늙어가고

　캄캄한 머릿속으로 속삭임이 깃발처럼 흔들린다
　가난한 마술사의 무끈한 연애가 방정맞은 입들에서
짱알짱알 얌퉁맞다

사람들 사이에 말꽃이 핀다

스팅의 음악으로 헤엄치는
물고기 한 마리
몸 깊은 곳에서 앓는다

전기철 _ 1988년 《심상》 등단. 시집 〈나비의 침묵〉〈로깡땡의 일기〉〈누이의 방〉 외 4권. 저서로 〈언어의 중력 – 우리시대 젊은 시 쓰기〉가 있음.

놀이의 법칙

**전
순
복**

너의 혀는 공업용 다이아몬드 같아
라고, 내가 말했다
그는 지루한 표정으로 귀를 후볐다

완고한 귀지가 달팽이관을 틀어막고 있는
그의 귀는 심장의 창문을 열지 못한다

두 개의 종이컵에 실을 꿰어
종이컵으로 입을 막거나 귀를 덮고
실을 팽팽하게 당기는 놀이를 했다

됐어, 너의 소리가 잘 들려.
그 말을 전달하려
실을 당겼을 뿐인데…

툭! 끊어진
시간의 휴지통에
구겨진 종이컵처럼 버려졌다

전순복 _ 2015년 《시와소금》 상반기 신인상 등단.

귀

막노동하던 아버지
큰 목소리가 싫었다
지하철 안에서 거리에서
언제나 나는 멀찌감치 떨어져 있었다

굴착기로 인한 소음성 난청,
먼 훗날 철이 들었을 때
아버지는 곁에 없었다

창밖에 매미가
한 낮의 고막을 찢고 목청을 높인다
들을 수 없는 매미
얼마나 외로우면 저렇게 울어댈까

아버지는 또
얼마나 많은 밤을 우셨을까

정경해

정경해 _ 충주 출생. 1995년 《인천문단》 신인상과 2005년 《문학나무》 신인상으로 등단. 시집 〈선로 위 라이브 가수〉 〈미추홀 연가〉 〈술항아리〉 등이 있음. 인천문학상, 인성수필문학상, 국민일보 신춘문예 최우수 당선. 현 인천지역 도서관에서 문예창작 강사로 활동 중.

정
미
영

자라나는 귀

점점 자라 귀까지 올라 간 입, 벙긋 열린 채
매달려있다

뱉아 낸 숱한 말, 사라질 줄 알았다
너의 귀 안에서 기억으로
어둔 동굴 속에 순례 행렬이 되어 차곡차곡 쌓여 갔다
공포의 말, 귀를 공격해 오면 꼼짝없이
움츠린 채 죽어 갔다
화석에 새겨져 기억들이 무게를 이기지 못해
입까지 내려왔다

귀가 살아나기 시작했다. 화석에 새겨진 숱한 말의 씨가
애벌레 되어
꿈틀꿈틀 살아났다
귀에서 입이 나왔다 나비처럼 팔랑거리고
종달새 되어 조잘거리다 짹짹 거리는 참새로
소리 내는 동물이 뿜어져 나오고

정미영 _ 2015년 《시와소금》으로 작품 활동 시작.

이명

정
선
희

눈을 감자,
소리가 쳐들어 왔어
이쪽에서 차르르
저쪽에서 꿀럭꿀럭
나뭇잎을 통과한 햇빛이
눈동자를 복사하고
콧망울을 톡톡,
어지럽고
꿈을 꾸는 듯 몽롱해
실오라기 햇빛이 팔다리를 묶어
눈을 떠야지, 눈을 떠야지
귓속을 파고드는 속삭임
물거울에 반사된
햇빛이 너무 눈부셔
소리를 지르려는데,
허공이 첨벙,
물고기처럼 튀어올랐다가
꼬리를 잘라먹는 물소리
물 없이 헤엄을 치고
소리만으로 흠뻑,
그곳에서는
눈만 감으면
안 되는 것도 되고
못 할 것도 없어

정선희 _ 경남 진주 출생. 2012년 《문학과의식》, 2013년 강원일보 신춘문예 당선. 시집으로 〈푸른 빛이 걸어왔다〉가 있음.

정
소
설

내 나이

보나마나
듣는 둥 마는 둥

눈과 귀가 두 개씩인 까닭을
이제 조금은 알 듯도 한데
먼 곳은 멀어서 안 보이고
가까운 곳은 가까워서 안 보이고
징징대는 헛소리들에 이명마저 나타나
들어도 모르고 안 들어도 모르고
눈은 눈대로 귀는 귀대로
덜미 벗어날 핑계를 찾았으니

나도 이제
더없이 편리한 나이쯤 된 거다
여의도 난장亂場에 출전할 나이쯤 된 거다

정소슬 _ 울산 출생. 2004년 **《주변인과詩》**로 작품 활동. 시집으로 〈내 속에 너를 가두고〉
〈사타구니가 가렵다〉가 있음.

눈으로 듣는 소리

정
연
희

귀가 오래되면
멀어지는 것들이 온통 눈으로 들어온다
가늘고 약하게 들리는 것들
귀의 가장 가까운 곳에서
쫑긋거리는 입모양이 되려한다

말을 멀리하고
흐릿한 눈을 비비게 하는 언어
먼 것들이 가까워지고 싶은 소리들이다

귀 앞에 바짝 붙어서 호명을 기다리는
수십 년도 더 지나간 일들
너무 멀어서 한시름 놓는
쉴 새 없이 되 뇌이시던 그 난청
일상에서 멀어져가는 귀와 눈의 기억들
늙은 심장은 자꾸만 먼, 더 먼 곳으로 가려 한다
느릿느릿 달팽이의 속도로
너무 멀리 와버린 귀

당신과 처음 만나 주고받던 보이는 소리
옹알이를 읽던 다정한 눈이
또 다시 입모양을 읽고 있다
소리를 듣는 눈이 옹얼옹얼 귀를 당겨오면
덩달아 커지는 젖은 목소리

정연희 _ 2017년 전북일보, 농민신문 신춘문예 등단. 용인 수지우체국 근무

정
영
숙

마음의 귀를 닫다

　무너미 입구에서 귀를 막고 서 있는 수양버들을 보았다
봄이면 윤기 나는 연초록 머리를 강물에 담그고 강물과
소통하던 수양버들이 빈 가지로 서서 꽁꽁 언 강물만 멍하
니 바라보고 있는 걸 보고서야 요즘 가슴에 자주 통증이
오는 이유를 알았다 숨이 막히고 밤에 잠이 오지 않는
이유를 알았다 수양버들 가지 끝에 달린 귀가 찬바람에
얼어 터졌는지 가까이 있으면서도 강물의 여린 심장 소리를
듣지 못하고 있었다 "깊고 지극한 마음만 있으면 눈과 귀는
없는 것과 같다"*고 하지 않았던가 그가 마음의 귀를 열지
않아 강물이 그만 가슴에 얼음덩이를 안고 입 다물었 던
게다

* 박지원의 「열하일기」중에서.

정영숙(鄭英淑) _ 1993년 시집 『숲은 그대를 부르리』로 등단. 시집으로 〈볼레로, 장미빛 문장〉〈황금
서랍 읽는 법〉〈물속의 사원〉〈하늘새〉〈지상의 한 잎 사랑〉 외 다수. 목포문학상, 시인들이 뽑는 시인상
수상. 2001년 문예진흥기금 수혜.

반 고흐가 있는 찻집

정
이
랑

줄지어 선 미루나무 팔 벌려 손뼉 치는 초여름
귀 잘라가며 붓을 들었다던 그를 만나러
「반 고흐가 있는 찻집」에 갔네

빨간 모자 눌러 쓴 전등 불빛,
떨리는 피아노 건반의 소리를 밟고
남은 한쪽 귓속으로 바삐 달아날 때
커피 한 잔, 어리는 나뭇잎 같은 얼굴
오래 흔들리고 있었네

고장 난 신호등 껌벅이는 눈동자처럼
좌절의 시간 날개 끝에서 길 잠재우고
지붕을 건너온 햇빛 한 줌 유리창에 앉아
힐끔거리며 나를 보고 있네
사각 유리벽에 갇힌 금붕어를 내가 보듯이

머리채 잡아당기며 바람이 잠시
맥박 없는 심장의 눈금마저 지워버리면
퀭한 눈빛의 고흐
잘린 귀 덮으며 맞은 편 탁자에 걸어 나왔네

"왜 귀를 잘랐나요?"
떠도는 커피잔 향기에 고개 묻을 뿐
꽃병의 꽃잎들이 하나 둘 손 흔들자
팔뚝에 감기는 어둠 털어내며 돌아가는 고흐

손가락 부러뜨려 찾고 싶네
남아 있는 날들에 분명한 나의 발자국
「반 고흐가 있는 찻집」에서

정이랑 _ 1997년 《문학사상》 신인상 당선으로 등단. 시집으로 〈떡갈나무 잎들이 길을 흔들고〉 〈버스정류소 앉아 기다리고 있는,〉 이 있음.

귀

정일남

1888년 12월 23일 겨울 반 고흐는
면도칼로 왼쪽 귀를 잘랐다
자른 귀를 신문지에 싸 들고
까마귀에게 줘야 할 것을
사창가로 가서 창녀에게 주었는데
창녀가 기절했다 한다
귀를 자르고 신문에 특종 기사가 났다
귀는 소리를 보관하는 밀실이 있고
음파는 달팽이관으로 전달되는데
섬세한 구조는 신이 안겨준 선물이다
신神의 발자국 소리를 듣는 귀
귀가 깨친 말이 꽃 필 날들아

정일남 _ 강원 삼척 출생. 1970년 조선일보(시조)와 1980년 《현대문학》(시) 등단. 시집으로 〈어느 갱 속에서〉 〈꿈길〉 〈훈장〉 〈봄들에서〉 등.

정
주
연

귀의 값

몸이 천량 눈이 구백 량이면 귀는 몇 량이나 될까요?
눈과 귀는 나란히 이마 선에 닿아 있고
똑같이 하나로는 부족하다고 각각 두 개씩인데요

이목耳目 이순耳順
세상을 볼 수 없을 땐 귀가 눈을 대신하고
세월 따라 마음을 유순케 다스린다니
아무래도 우리 몸의 오관五觀 중에 귀는 제일 어른이실
듯하다

눈은 자주 병을 앓고 맑다 흐리다 투정을 부려 안경도
쓰지만
또 한 번 본 것은 돌에 새기 듯 지우지도 못 하지만
귀는 소리를 조심하고 클수록 들은 건 깊이 간직하는 걸
좋아 합니다
탈이 나도 한 쪽 귀로 듣고 한 쪽 귀론 벌써 선악을 헤아
려 내보내는
지혜와 슬기를 지녔으니 말입니다
게다가 마음의 소리를 읽을 줄 아는 건 오직 귀 뿐이잖
아요

생명이 다해도 최후까지 남아서
한 많은 생
마지막 애린愛隣의 소리를 들어주고 떠나니까요
그래서 나는 밝은 귀를 사랑하고
그의 친구인 침묵과 진주장식으로 귓불을 꾸밉니다

귀의 값은 결코 가볍지가 않습니다

정주연 _ 2001년 평화신문 신춘문예 등단. 시집 〈그리워하는 사람들만이〉 〈하늘 시간표에 때가 이르면〉 〈선인장 화분속의 사랑〉이 있음.

정
지
우

복도의 소용돌이

— 돌은 물의 반대 방향으로 놓여 있다. 그래서 물보다 느리다.

잠긴 문과 막 열리려는 문과
귀를 쫑긋 대고 있는
안쪽
막다른 쪽으로 기울거나 흐른다

잠시, 안이 보이는 등 뒤로
밖의 얼굴이 흘러간다
무심한 눈빛이 뭉쳐서 만든 귀는 서로의 거리

귀에서 잘려나간 말과
복도가 키워낸 공명이 한 입구에서
두 입구로 우리를 돌려놓는다

소용돌이는 한 번쯤
좋은 쪽으로 돌고 나쁜 쪽으로 휘말릴 수 있는 일
빠른 말을 흘러가자는 일
사람들의 반대 방향으로
익사한 듯 문들이 닫혀 있다

정지우(鄭志友) _ 2013년 문화일보 신춘문예 등단.

산뽕나무 귀로 듣다

조
성
림

소나기 자욱하게 뿌려지고
산뽕나무 수만 귀를 열어놓고
사무치게 듣고 있네

산뽕나무 수만 잎사귀는 왠지
누에를 치고 싶어하네
누에에게 아작아작 뽕잎을
입에 넣어주고 싶어하네

유년시절, 엄마가 먼 산골짜기에 들어가
누에를 키우시고
누에는 먹고 자고 먹고 자고
넉 잠을 지나서
거짓말처럼 입에서 비단을 뽑고

저 산뽕나무 잎사귀의 음계를
빗줄기가 오늘따라 하염없이
골짜기 골짜기로 밟고 가네

조성림 _ 춘천 출생. 2001년 《문학세계》 등단. 시집으로 〈지상의 편지〉 〈세월 정류장〉 〈겨울노래〉 〈천안행〉 〈눈보라 속을 걸어가는 악기〉가 있음.

조
승
래

귀의 문

혀를 귓속으로 넣어 직접 소통하려던 시도는, 말들은 늘 소리를 밟고 다녀 언제나 실패였어

고운 말 고맙다는 말 사랑한다는 말은 언제나 무사통과 했어 애당초 귀는 레이더처럼 소리만 모으는 것일 뿐 전달하지는 않아 귀만 모른다니 이건 사실 특급 비밀, 귀가 달팽이 한 마리 데리고 다니면서 간혹 이석耳石을 빼어 지구를 빙빙 돌리며 파도소리로 이명耳鳴 불러 심술부려 보았지만, 마음이 잠들면 소리도 제자리에 멈췄어 꿈결처럼 아직도 들려오는 그 음성 이순耳順이 가까워도 들리는 환청, 마음을 흔들어 깨워서 그 분들 불러 보아도 어디쯤 귀의 문을 두고 가셨는지

아무 대답이 없어 정말 없어

조승래 _ 2010년 《시와시학》 신춘문예로 등단. 시집으로 《몽고조랑말》 《내생의 워낭소리》 《타지 않는 점》 《하오의 숲》 《칭다오 잔교 위》 등이 있음. 시와시학회, 가락문학회, 포에지창원 회원 아노텐금산(주) 대표, 단국대 상경대학 겸임교수.

소금시

조
양
상

벙어리나무

조선소 울타리의 자귀나무는 벙어리다

뱃고동소리에 늘 귀를 기울이다가
공작 꽃무늬로 느태방파제*마다 수놓은 바늘귀
가루지안벽*을 여닫던 돌쩌귀가
명퇴자가 되어 황망히 조선소를 떠나던 날
삿대 잃은 자귀나무도 마침내 귀를 먹었다

구멍 뚫린 양말의 바람을 기울 때도
동백기름 비벼 가르마에 광을 내며
재봉틀 귓구멍에 아주까리기름을 칠하시던
어머니, 식구들 선잠 품으신 어머니는 늘
여원잠의 텅 빈 독(Dock), 삿바느질만 하셨지

언제나 쇠망치 소리에 먹은 귀를
방아깨비 기름쟁이 올가미로 삼으면서
직업병 아니라고 고함을 치면 산재이고
낙하산 고질병은 엄청난 소음성난청이라서

조선소 담벼락엔 꽝꽝나무만 심어야한다

* 느태방파제 : 경남 거제시 옥포만의 대우조선해양 조선소 앞의 방파제 이름.
* 가루지안벽 : 경남 거제시 고현만의 삼성중공업 거제조선소 앞의 안벽 이름.

조양상 _ 2017년 《시와소금》으로 등단.

조
창
환

자벌레의 귀

제 깜냥껏 허리를 힘껏 구부렸다 편 자벌레가
나뭇가지 속에서 두런거리는 소리를 듣는다

나뭇가지 속으로 물 흐르는 소리 들리고
찍찍거리는 시계 소리 들린다

마른 풀 향기들이 깃털처럼 가볍게
떠오르는 소리도 들리고

흐린 그늘 밑에 가부좌 틀고 앉아
단전 호흡하는 양철 물고기 숨소리도 들린다

귓바퀴도 없고 귓구멍도 없는
자벌레 귀가 안 들리는 소리를 듣게 된 것은

평생을 오체투지하며 꿇어 엎드려
무릎이 다 닳아 뱃가죽으로 기어가기 때문이다

조창환 _ 1973년 《현대시학》으로 등단. 시집 〈허공으로의 도약〉 〈벚나무 아래, 키스자국〉 〈마네킹과
천사〉 〈수도원 가는 길〉 〈피보다 붉은 오후〉 외. 한국시협상, 한국가톨릭문학상, 경기도문화상 등 수상.
현재 아주대학교 명예교수.

청맹과니의 세상 열기

주경림

세침 바늘귀에 빛 한 점 걸려있다
아른아른한 그 빛 속으로 들어가려고
몸을 꼿꼿이 세워보았으나
바늘귀를 스쳐지나갔다

침을 발라 끄트머리를 모았지만
이번에도 바늘귀는 열리지 않았다
그러느라 힘이 다 빠져버렸는데

그 순간,
바늘귀가 빛의 손으로 쑤욱 끌어당겼다

빛부셔 눈도 제대로 뜰 수 없었는데
빛그늘, 암흑 속에는 푸른 아기별들이 총총,
바늘귀의 빛 한 점이 펠리칸 성운으로 펼쳐졌다

주경림 _ 1992년 《자유문학》 등단. 시집으로 〈씨줄과날줄〉 〈눈잣나무〉 〈풀꽃우주〉가 있음.
문학과창작 작품상 수상.

진명희

엄마의 기도

친정 엄마는
아기가 태어나면 제일 먼저 귀를 보셨다

'사람은 귀가 잘 생겨야 해!'

안으로 굽혀져도 안 되고
뒤로 젖혀져도 안 되지

너무 작아도
보기 싫고

그렇다고 부처님 귀처럼
큰 귀도 밉지

보기 좋게 잘 생겨야
세상의 좋은 소리 듣게 되는 것

젖먹일 때마다
귓불을 만져주시던

엄마의
따스한 손 기도

진명희 _ 2000년 《조선문학》 등단. 시집 〈하얀 침묵이 되어〉 외 3권. 충남예술문화상,
충남시협작품상, 매헌문학상 수상.현재 충남시인협회 상임이사.

캄캄절벽이 환하다

채
재
순

아흔 노모의 귀는 캄캄절벽이다
친구 분과 맛나게 이야기 나누시길래
무슨 얘길 하셨냐니까
서로 제 얘길 했지 하신다
고래고래 소리 지르지 않는
캄캄절벽끼리의 말씀
벽 만드는 일이 없다
마주보며 웃는다
절벽끼리 말이 말랑말랑하다
서로 다른 말을 가지고서도
저토록 웃을 수 있는 천진난만
밀고 당기는 일 없는 캄캄절벽이 환하다

채재순 _ 1994년 월간 《시문학》으로 등단. 시집으로 《바람의 독서》 외 2권. 강원문학작가상 수상.
현재 한국문인협회 속초지부 회장.

하늘 귀

최
순
섭

모두가 죽어가는 들판에서
하늘만 바라보고 사는 꽃들이 수런거리는 가을이다.
슬픔보다 어둠이 깊어지고
새벽빛은 더 멀리 물러나
뉘를 사랑하고 무엇이 문제인지
사는 게 저리 힘들어…
시시콜콜 꽃들이 던지는 말
혀 꼬리 돌돌 말려 흐려질 때
지상의 주파수만큼 간절한 귀들이 울고 있다.
파랗고 드넓은 접시안테나 펼치고, 하늘은
천지에 없는 귀 다 열어 가만가만 들어주고 있다.

최순섭 _ 대전광역시 출생. 1978년 《시밭》 동인으로 작품 활동 시작. 시집으로 〈말똥.말똥〉 등이 있음.
현재 에코데일리 문화부장. 경기대평생교육원 출강. 한국가톨릭독서아카데미 상임위원.

눈은 녹지 않고 말라갈 뿐이다
― 귀에 관하여

치부를 감추려고
칼바람에 말라 간다

펑펑 또 내리는 눈
환청으로 흩날린다

이윽고 사라진 미백
눈도 멀고
귀도 멀고

최연근

최연근 _ 경남 고성 출생. 1966년 2인 시조 작품전으로 작품 활동. 1992년 충청일보 신춘문예 당선.《시조문학》천료. 시조집 〈춤을 추어라〉와 시집 〈은행잎은지지 않는다〉 외 다수. 현재 세계시조시인포럼 대표.

최
자
원

고막

끌어내어진 고막이 춤을 춘다
박자도 없이 무작위로 몸을 뒤틀며
박자도 없이 무작위의 리듬을 타며 춤을 춘다

끌어내어진 고막이 소리를 지른다
제 몸을 찢으며 고래고래 소리를 지른다
조용히 좀 하라고 제발
그 입 좀 다물라고 제발
아무 말도 하지 말아 달라고
무작위로 제 몸을 짓찢으며 소리를 지른다

끌어내어진 고막이 툭 떨어진다
제 몸 하나 가눌 힘없어 그대로,
매가리라곤 찾아볼 수도 없이 바닥으로, 툭—
떨어진다

그제야 세상의 소음이 사라진다
바람조차 차마 지나가지 못하는 정적이다
고요도 차마 어쩌지 못할 고요다
적요를 뚫고 누군가 말한다
고막 떨어지는 소리 하고 앉아 있네

그 말은 태고의 처음 뱉어진 말처럼 적막의 구석구석을 기웃 거린다
그제야 힘겹게 몸을 일으킨 고막이 무심히 제 몸을 툭툭 턴다
아주 작은 티끌 하나까지 툭툭 털어내더니 말한다
조용히 하랬잖아
제발이라고 했잖아
시끄러워서 살 수가 없잖아
소란스러워서 죽을 수도 없잖아

고막이 비틀 걸음을 옮겨 아등바등 기어들어간다
뒤 한번 돌아보는 일 없이 안으로 안으로 몸을 숨긴다

아주 먼 동굴 속 같은 말이 웅얼거린다

다신 날 끌어내지 마

최자원 _ 2016년 《시와소금》 상반기 신인상 당선으로 등단.

마지막, 귀

최
현
순

눈은 감겨도 살아있는 귀. 마지막으로 듣고만 가라는 귀. 생의 바다를 소라 고동처럼 품었던 귀. 이승의 소리 닫고 저승으로 열린 귀. 옆으로 누운 붓다처럼 침묵의 우주를 열고 하직하는 귀. 무엇을 들을 수 있을까. 사랑했다고? 고마웠다고? 다시 만나자고?… 사랑하는 이와 아이들의 흐느낌, 오! 살붙이, 살붙이들의 모태母胎를 파고드는 육감의 소리.

고흐는 세상의 한쪽은 없어도 되겠다며 빛깔로 들었는데… 멀리서 수련 꽃잎 벌어지는 소리나 별빛이 내리는 소리, 혹은 밀밭을 지나는 까마귀들의 날개 짓을 듣고 갔을까. 아니면 세상의 소음을 잠재우는 단 한방의 금속성의 단말마만이 밀밭을 맴돌고 있을까.

커다란 귀를 가진 그대여! 나의 엷은 귀로 상처 받았던 이들, 참회의 눈물이 흰 천을 적시고 애오라지 귀에선 선산에 감꽃 잎 지는 소리 들릴까. 볼륨은 줄이지 마, 은은하게 들려오는 솔베이지의 노래나 라라의 테마곡도 좋을 거야. 창밖에는 어린 영혼으로 사락사락 첫눈이 내려 반짝반짝 온 세상이 잔치하는 어느 서늘한 날.

최현순 _ 2002년 《창조문학》 등단. 시집으로 〈두미리 가는 길〉 〈아버지의 만보기〉가 있음. 춘천문인협회, 강원문인협회, 한국문인협회, 현대불교문인협회, 수향시낭송회 회원. 삼악시 동인. 현 풀무문학회 회장.

귀가 펄럭인다

하
두
자

천정에서 의자들이 마구 걸어 다녀
피아노 건반들도 제멋대로 날아다녀

창문을 꼭꼭 여미고 커튼을 내리고
오디오에다 주파수를 맞추고
커피 잔을 들고 서성인다

틈새로 파고드는 이명소리
달팽이관에 어지럼들이 기어 나와

펄럭이는 귀를 막고 구겨 넣어도 보네

식탁과 의자가 출렁이다 흘러내리는 방
건반과 음표들이 쏟아지는 방
불면의 비탈에서 꽃잎들이 휘날려

층과 층 사이가 울컥거려

신경 줄을 붙잡고 쓰다듬어도
마음의 방전은 되질 않고
콜라처럼 자꾸 뽀글거린다

덜컹이는 소리를 지우고
층층 어둠에서 포물선을 그리는 팔 다리
고흐의 잘린 귀와 해바라기들이
그것은 사소한 분노라고 와글거리네

하두자 _ 1998년 《심상》 등단. 시집으로 〈물수제비뜨는 호수〉 〈물의 집에 들다〉 〈불안에게 들키다〉 등이 있음.

소금시

귀구녕이 아프다

하
요
아

귀에 든 게 많다
귓바퀴에 수북하게 달라붙은 따개비
귓구멍에 스미는 파도
해식동굴이던 고막을 뚫고
귓속뼈에서 떨어지는 쓸개즙 쓰다
심해 수십 수백 미터 아래 떨군 안뜰신경
눈물 먹은 뿌리식물 다발
실뿌리 자욱한 통발
그물코 밖으로 나와 퍼덕이는 수족
으, 으으, 으으으, 으으으으
눈앞에서 비웃는 흑색선전, 루머, 미친새끼, 무지렁이
달팽이관에 귓밥이 넘친다
분하다 아프다
귀에 든 게 많아 너무 괴롭다

하요아 _ 2013년 제8회 대한민국 디지털작가상으로 등단. 제8회 대한민국 디지털작가상 우수상.
제2회 아이작가 장르소설 공모전 수상. 한국작가회의 회원

소금시

한
명
원

나팔꽃은 수행 중

음악은 없어요.

푸른 전선이 나무에 어지럽게 엉켜 있어요. 까만 씨앗이
떨어졌을 때 모든 소리는 다 빠져 나갔죠.

소리가 없는 귀는 달팽이를 동경할까요.

달빛 스위치 올리며 발뒤꿈치를 들어요. 발은 너무 먼
아래에 서 있어요. 무음의 박자들이 버려지고 나뭇가지 위
에 걸려있던 씨앗들이 들어와 몸을 부풀려요. 고개가 저절
로 들어지고 입은 벌어지지요. 돌아가지도 못할 자세들이
비비꼬이죠. 별의 행렬 따라 두 팔도 뻗어 봐요.

접혀있던 주름들이 쫙 펴지며 겨드랑이에 눈이 떠지고
머리 위로 싹이 돋지요 넝쿨손으로 바람을 휘감으며 먹구
름을 당겨보기도 하지요. 한 뼘 더 자란 햇살엔 지지할 것이
많죠.

이슬이 품속으로 들어올 때 물기 빠진 어제와 오늘이
섞이죠.

넝쿨 팔을 피다가 누군가 보면 금세 멈추는 나팔꽃,
골목이 발자국 소리로 들썩일 때 꽃들은 귀를 닫고 묵묵히
수행의 길을 가고 있죠.

한명원 _ 2012년 조선일보 신춘문예 등단. 중앙대 대학원 문학예술콘텐츠학과 수료.

말의 주름

한
성
희

말의 뿌리 밑으로 겨울이었다
겨울은 동굴로 이어졌다
기울기를 증명하듯 노인들은 구부러졌다
안과 밖이 하나가 되기 위해
모두 비스듬히 겨울이었다
마지막이듯 잎사귀를 떨구고
비스듬히 누웠다

몰락한 갱도를 지나
출구를 찾기 위해 어두워졌다
비로소 눈을 감고 나에게 달려온
밑바닥의 소리들이 건너갔다
주름은 알 수 없는 곳으로
불안하게 밀려갔다
수많은 말의 주름으로 눈꺼풀은 무거웠다
안과 밖이 함께하기 위해
나는 소음으로 흔들렸다

밤이 깊을수록 나무와 나무 사이에서
왜 바람소리를 모아야하는지 도대체 몰랐다
나는 조금씩 조금씩 그곳에 다다르고 있었다

겨울이 지나도 주름으로만 모여드는
오래된 목소리를 들었다
나는 젖은 귀를 열었고 작별하는 일보다
저들의 목소리를 외면할 수 없었다

한성희 _ 2009년 《시평》 등단. 시집으로 〈푸른숲우체국장〉이 있음. 아르코문학상 수상. 《시와소금》 기획위원.

소금시

나의 초상

한
승
태

거인 이야기를 하나 할까
찢겨진 현수막과 검은 비닐이 나부끼고
바람만이 이곳이 밭이었다는 걸 증명하지 한때
나이든 농부는 씨앗을 심었지
이곳이 사막이란 걸 알면서도 그는 미련했지
간신히 싹을 틔운 배춧잎은 이내 시들어 버렸어
농부는 물뿌리개로 물을 뿌렸지
고성능 펌프도 소용없었지
유난히 하늘은 푸르렀고 구름도 없었어
농부의 눈에서 눈물이 한 방울 떨어졌지
눈물을 머금은 배추는 싱싱하게 살아났지
농부는 계속 눈물을 흘리기 위해 자신의 뺨을 때렸어
그것도 모자라 망치로 자신의 머리를 때렸지
달팽이가 나타난 건 아마 그때였지
배추는 부드럽고 싱싱했으므로
달팽이는 점점 그 몸집을 불려갔지
배추도 농부도 집도 삼켜버렸지
거대한 달팽이의 식성은 무지무지 느렸지만
농부를 집어삼킨 더듬이는 예민해졌지
나는 달팽이관 속에서 더 안심했지

한승태 _ 강원 내린천 출생. 1992년 강원일보 신춘문예 및 《현대문학》 등단. 현재 춘천 애니메이션박물관 토이로봇관 학예연구사

소금시

한
영
채

양지마을

다랭이 논에 수탉이 구구국 흙을 뒤집는다
황새냉이 꽃다지 애기똥풀
논둑을 오르는 두동면 천전리
낑낑이 풀이 비탈을 지키는
물소리 순한 경칩이다
풀린 다리처럼 봄물은 아래로
수 천 년 숲을 연하게 푸르게 퍼 올리는
발목 적신 갈대 허리에 하늘이 걸린다
옹기 굴에 흙 마차 다니던 이곳
소나무 사이 굴피나무 열매가
댕댕 풍경 소리를 내고
은사시나무에 버짐이 옴처럼 퍼진다
괭이밥이 숨어들었다는 반구대, 개암나무가
공룡발자국 같은 귀를 열어 클클클
물소릴 엿듣고 있다
휘어진 길,
낮은 의자에 오후 네 시 그림자가 앉는다
봄을 낙관하는 수탉들,
그들이 모여 사는 양지마을
봄이 한창이다

한영채 _ 경주 출생. 2006년 《문학예술》 등단. 시집으로 〈모량시편〉〈신화마을(2016
세종나눔문학도서)〉이 있음. 울산문학 작품상 수상.

귀여리 마을에 와서

한
이
나

나 어둠이 물드는 귀여리 마을에 와서
어둠을 한 입 베어 물다
일몰이 가장 아름다운 때를 기다려
조용한 슬픔으로 넘치는 강물
몸 허물고 지는 해의 알 태 안에 품어
탄생을 기다리는,
너와 나의
나무 그리고 꽃과 새의 집
동판을 깎고 문지르고 흠을 골라내어
알을 키우기에 알맞은 향기의 집을 지으리

나 귀 여리고 여려
잘 곧이듣던 잘 속아 넘어가던
사는 일, 정면이 아닌 그저 비껴가지만 하던,
이제 그냥 바람으로 떠돌리 한 줄기
바람에 날개 달아 머언 저 밖을 날리

한이나 _ 1994년 《현대시학》으로 활동시작. 시집 《유리자화상》 《첩첩단풍 속》 《능엄경 밖으로 사흘 가출》 등이 있음. 한국시문학상, 서울문예상 대상, 내륙문학상, 2016년 세종도서 선정.

바늘 귀

허

림

바늘에 뚫린 구멍, 바늘귀
바늘은 늘 열려 있으므로
헐거워진 생계의 구차한 변명을 엿들었으므로
듣고도 못들은 척 그만큼 아팠으므로
밤마다 사내가 찾아왔으므로
질긴 실오리를 꿰었으므로
상처를 내며 상처를 감싸야 했으므로
그러나 아니다 말할 수 없는
바늘과 귀 귀와 구멍은 컸으므로
내일 해는 내일에 뜬다고 미뤄두면서
툴툴 털어 내지 못하는 미명의 구멍
무명의 실을 꿰어 끌고 가려할 때
가슴뼈 하나 뽑아내어 밤새 갈고 있는 그녀
듣지도 못하는 멍텅구리
바늘 귀

허 림 _ 강원 홍천 출생. 1988년 강원일보 등단. 시집 〈신갈나무 푸른 그림자가 지나간다〉 〈노을강에 재즈를 듣다〉 〈울퉁불퉁한 말〉 〈이끼 푸른 문장을 읽다〉 〈말주머니〉 〈거기, 내면〉이 있음.

귓속의 섬

허
문
영

거친 바다같이
세상이 느껴질 때
지도에도 없는 섬이 나타난다
생각의 배를 타고
다다를 수 있는 섬
소용돌이치는 바다 한 가운데
날마다 앉음새를 고쳐 앉는 섬
커지기도 하고
작아지기도 하는 섬
애증의 파도에 발로 차이고
험한 말의 모래톱에 썰려나가도
결코 사라지지 않는 섬
어지러운 세상에서
아우성치는 소리 들리면
잠시 쉬러오라고 손짓하는 섬
섬 그늘에 앉으면
분노의 태풍도 가라앉는 섬
밤마다 등대처럼 불을 밝히며
희망의 뱃길을 밝히는 섬
달팽이 한 마리
느릿느릿 모래언덕을 기어가고 있는
귓속의 섬

허문영 _ 1989년 《시대문학》 등단. 시집으로 〈내가 안고 있는 것은 깊은 새벽에 뜬 별〉〈고슴도치 사랑〉〈물속의 거울〉〈왕버들나무 고아원〉 등. 춘천문인협회장 역임, 현재 본지 편집위원, 강원대학교 약학대 교수 재직 중.

소금시

허
석

마음귀

말의 제어장치가
머리라면
귀는 마음일 텐데

　가는귀먹었다는 핑계로 소리가 작아 안 들리고, 말이 빨라
안 들리고, 발음이 나빠 안 들리고, 사투리가 심해 안 들리고
때로는 못 들은 체 사오정처럼, 귀 베고 꼬리 베고
능구렁이처럼, 다른 소리 안 듣겠다 이어폰처럼, 눈으로
보는 수화처럼, 무슨 말인지 모르는 외국어처럼, 가청음역
밖의 메아리처럼, 듣고 싶은 것만 듣고 믿고 싶은 것만 믿는
확증편향처럼

　마음 밖으로 듣느라
들리지 않는 것이 많은데

　내 작은 기척에도 길고양이
귀 쫑긋
연민, 댓잎 같은 눈부처로 끌어안고 있다

허 석 _ 2012년 《문학세계》 등단. 국민일보 신춘문예 신앙시, 백교문학상, 농촌문학상 수상.

귀

허
형
만

나의 귀는
공중의 사제
불안하게 떠도는
천둥 속의 바람칼이다
마치 기다렸다는 듯
처음 본 행성의 빛이 스며든 그날 이후
나의 귀는
신의 정원을 기웃거리는
위험한 안테나다

허형만 _ 1945년 전남 순천 출생. 1973년 《월간문학》 등단. 시집으로 〈비 잠시 그친 뒤〉 〈영혼의 눈〉 〈불타는 얼음〉 〈가벼운 빗방울〉 등 15권과 활판시선집 〈그늘〉이 있음. 한국예술상, 펜문학상, 한국시인협회상, 영랑시문학상 등 수상. 현재 목포대학교 명예교수. 한국시인협회 이사. 국제펜한국본부 자문위원, 서울시인협회 고문.

가을의 시

홍
사
성

임금님 귀는 당나귀 귀
말하고 싶었으나 목숨이 겁나

이발사는 대숲으로 가
굴형을 파고 외쳤다

임금님 귀는 당나귀 귀다아

내게도 말 못할 사연 하나 있어
강가로 나가 외치네

듣느냐,
마른 바람 등지고
억새길 같이 걷던 사람아

홍사성 _ 2007년 《시와시학》으로 등단. 시집으로 《내년에 사는 법》이 있음.

부서진 귀

소금시

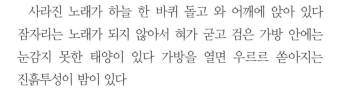

홍
일
표

사라진 노래가 하늘 한 바퀴 돌고 와 어깨에 앉아 있다
잠자리는 노래가 되지 않아서 혀가 굳고 검은 가방 안에는
눈감지 못한 태양이 있다 가방을 열면 우르르 쏟아지는
진흙투성이 밤이 있다

남몰래 입 없는 말들이 소용돌이치는 심해에 들어갔다
나온다 젖는다 아랫도리가 가슴팍이 다 젖어 나는 내가 없는
이름이 된다 이름 안에 숨어서 연명한다 이미 죽었지 만
죽지 못하는 노래라고 말하자 너무 많은 슬픔은 슬픔이
아니라고 말하자

용서하세요 저는 돌아가지 못합니다 산 것도 죽은 것도
아니어서 이곳엔 열여덟 살 밤만 있습니다

귀는 마지막까지 살아서 등대처럼 깜박인다 종일 한
발자국도 떼지 못하고 눈먼 바다를 뒤집어본다 가을이 가고
겨울이 가는 사이 아직도 죽지 못하고 물고기 떼처럼 먼
곳에서 돌아오는 보름달 같은 귀에 운동장을 밀어 넣고
교실을 밀어 넣고 스마트폰을 밀어 넣는다 가득가득 귀가
범람한다 한 마디만 마지막 한 마디만 귀를 잡고 간청한다

나는 고작 소라껍질이나 잡고 여기 서 있으니 울고 있던 수천의 귀들이
부서져 하얗게 흩날리고 있으니

홍일표 _ 1988년 《심상》 신인상. 1992년 경향신문 신춘문예 등단. 시집 〈살바도르 달리풍의 낮달〉 〈매혹의 지도〉 〈밀서〉와
평설집 〈홀림의 풍경들〉이 있음. 지리산문학상, 시인광장작품상 등 수상.

미역귀

황
미
라

마른 미역귀를 물에 불리자
뭉클 푸른 귀를 연다

바닥까지 내려앉은
온갖 비린 말들 오글오글한 귀

납작 엎드린 가자미의 신음과
입을 꽉 다문 조개의 속엣말이
막 삐져나올 것처럼 미끌거린다

미역귀는 생식기관이라는데
종자를 번식하고 나중엔 녹아 없어진다는데

모래알이 서걱거려도
파도에 이리 쓸리고 저리 쓸려도

미역 한 줄기 세상에 공양하고
수많은 말 제 안에 품고 열반하는

미역귀, 종일 푸릇푸릇 나를 감친다

황미라 _ 1989년 《심상》으로 등단. 시집으로 〈빈잔〉 〈두꺼비집〉 〈스풍나무는 사랑을 했네〉와 시화집 〈달콤한 여우비〉가 있음. 《표현시》동인.

소금시

황
상
순

귀때기 푸른 봉

대청 중청에게 넌즛 대들다가
된통 귀싸대기 얻어터진
한계령 귀때기청봉을 오르다가 보았네
하늘 가까울수록 더욱 공손해지는 바위들
키 웃자란 나무들은 바람에 모가지 툭툭 잘려져도
달마의 수염처럼 무성히 뿌리를 내리고 있었네
게거품 물고 앉아 내려다본 발밑
골 깊을수록 그 깊이만큼 하늘은 멀고
세상 저자거리의 개미떼들, 독 속에 든 게처럼
하늘 향해 아득히 기어오르고 있었네
귀때기 얼얼하게 후려 맞은 후
안거 끝낸 중같이 서둘러 산을 내려오네
저물녘, 흰 소 앞세우고 고삐를 쥐고 가듯
귀때기 퍼렇게 멍든 산은 눈 부라리며
내내 뒤를 따라오고 있었네
흰 소도 게 한 마리도
이내 푸른 산 그림자에 묻히네

황상순 _ 1999년 《시문학》 등단. 시집으로 〈어름치 사랑〉 〈사과벌레의 여행〉 〈농담〉 〈오래된 약속〉 등이 있음. 2002년, 2007년 문예진흥기금 수혜. 한국시문학상 수상.

시와소금 시인선 · 077

소금시 - 귀

ⓒ김광규 외 162인, 2017. printed in seoul, korea

초판 1쇄 발행 2016년 10월 25일

지 은 이 김광규 외
펴 낸 이 임세한
책임편집 박해림
디 자 인 유재미 정지은

펴낸곳 시와소금
출판등록 2014년 1월 28일 제424호
발행 강원도 춘천시 충혼길 20번길 4호 (우 24436)
편집 서울시 중구 퇴계로50길 43-7 (우 04618)
전자우편 sisogum@hanmail.net
팩스겸용 033-251-1195, 010-5211-1195

ISBN 979-11-86550-55-7   03810

값 15,000원

송금계좌 : 국민은행 231401-04-145670